얀 이야기

제⑦권

쬐꼬만 고양이라 부르지 마

마치다 준 글 그림

김은진 한인숙 옮김

東文選

町田　純

小ネコちゃんて言ってみナ

© 2000 JUN MACHIDA

This edition was published by arrangement

with Publisher Michitani, Tokyo

through Access Korea Agency, Seoul

얀의 단편집

차 례

쬐꼬만 고양이라 부르지 마

누구나가 알고 있듯이, 고양이에겐 다소간의 세력권이 존재한다.

그리고 이 세력권이라는 게 꾀까다로운 구석이 있다.

어느 날 오후, 나는 므로체크의 단편집*을 읽고 있었다.

모든 이야기가 다 재미있긴 하였지만, 그 재미란 건 언제나 첫머리에서였을 뿐, 막상 이야기가 전개되고 나면 기대했던 것만큼은 아니었다.

"달팽이가 산책을 하다가, 누군가를 걷어차고 싶어졌다면 어느 발을 사용하는 게 좋을까?"라는 의문은 재미있지만, 그것이 오른발이다 왼발이다 의견이 분분해지면 형편없어져 버리고 만다.

이 부분은 "달팽이가 산책을 할 때, 뭔가를 걷어차 버리고 싶어졌다면 어떻게 하면 좋을까?"로 바꾸어 주는 게 훨씬 나을 성싶다. 하긴 뭐, 이렇게 되면 단편으로 끝나진 못하겠지만서도……

"나를 쬐꼬만 고양이라 부르지 마"

그건 그렇고, 내가 가장 마음에 들어 했던 것은 이 작가가 그린 한 장의 그림이었다.

뭐가 그리도 마음에 들었느냐 하면, 재치만이 아니라 실용성까지 갖추고 있었기 때문이라고 해야 할 듯싶다.

나는 얼른 내 얼굴 크기만한 얇은 널빤지를 구해 와서 그 그림을 본떠 그린 다음, 글도 한 줄 덧붙였다.

내가 봐도 참 잘 그렸다. 그래서 나는 이 그림의 실용성을 확인해 보고 싶어졌다.

내가 살고 있는 거리엔 고양이들이 발에 차일 정도로 많다. 이웃의 빈집이나 거리 반대편의 빈집 등, 고양이들은 어디나 서식하고 있었다. 물론 이내 몸도 반쯤 쓰러져 가는 빈집에 기거하고 있는 중이다.

고양이가 많다는 것은, 그만큼 세력권도 복잡하게 얽혀 있다는 뜻이다. 거리의 중심부로 나아가야 할 때 ——그러니까 이를테면 수프의 재료가 조금 모자랄 때 ——, 고양이

---

*므로체크(폴란드의 극작가)

이 손그림은, 므로체크의 단편집에 수록된 일러스트를 모사한 것이다.

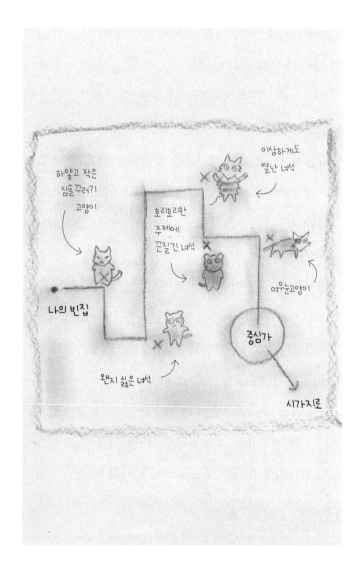

이상하게도
별난 녀석

하양고 작은
심술꾸러기
고양이

호리호리한
주제에
끈질긴 녀석

여우눈고양이

나의 빈집

중심가

왠지 싫은 녀석

시가지로

의 세력권만큼이나 까다로운 일은 아마도 없을 터이다. 말하자면 이런 식이다…….

사소한 일로 언쟁을 벌이거나 ── 예를 들면 한쪽에선 자기 영역에 한 발짝 들어왔다 하고, 다른 한쪽에선 절대로 들어가지 않았다 하고 ── , 지난번에 꾸어 간 걸 빨리 갚으라는 둥, 또 남의 모래에서 볼일을 봤다는 둥, 여하튼 시끄럽다.

원래부터 나는 다른 고양이들과 눈을 마주치거나, 시시한 세상 이야기들에 응수하는 걸 싫어하였던 터라서 거리로 나설 때면 언제나 우울했다.

거기다가 무턱대고 아무런 이유도 없이 뛰어드는 녀석하며, 상담을 하다가 느닷없이 할퀴려 드는 매우 엉뚱한 녀석들도 싫었다.

그 가운데서도 최악의 상대는, 거리에 나서서 오른쪽으로 굽이돌라치면 첫번째 골목 언저리에서 하릴없이 서성이고 있는 심술꾸러기 고양이였다. 녀석은 하얗고 작은 체구에 어울리지 않게 힘이 세고, 싸움도 잘했다. 다른 고양이들한테서 주워들은 바에 의하면, 내 페즈*가 특별히 마음에 들지 않는 모양이었다. 괜히 부러워서 그럴는지도 모른다. 이 동네에서는 구하기 힘든 귀한 것이니까.

나는 이 포스터 같은 그림판에 구멍을 뚫고 끈을 꿰어서 목에다 걸었다. 이렇게 하고 나서면 거리의 중심부까지 무사히 나아갈 수 있을 것 같아서였다.

어째서? 이것을 본 상대의 반응은 딱 두 가지일 테니까.

상대가 풋! 하고 웃음을 터뜨리는 사이 나는 얼른 지나가 버리거나, 아니면 조금 졸아든 상대를 깔보며 유유히 지나가거나, 이 가운데 어느 하나일 게 뻔할 테니 말이다.

그리하여 나는 페즈를 쓰고서 빈집을 나섰다. 수프의 재료를 사러.

얼마큼 나아가지 않아 맞은편에서 걸어오고 있는 낯익은 시궁쥐와 마주쳤다.

*원뿔대 모양의 튀르키예 모자.

MÓW MI KOTKU

"나를 쬐꼬만 고양이라 부르지 마"

"아니? 큰고양이님, 목에 뭘 매달고 있는 거예요? 그 나이에 미아 방지용 이름표 따윈 필요치 않을 테고, 더더군다나 이런 쥐꼬리만한 거리에선 말이죠."

나는 시험삼아 아무 말도 하지 않은 채 그 자리에 묵묵히 서 있었다.

시력이 그다지 좋지 않은 시궁쥐는 내 쪽으로 냉큼 다가들더니 잠자코 그림을 응시했다. 유감스럽게도 그 아래께에 씌어 있는 글자는 미처 못 본 듯했다.

그러다가 한참이 지나서야 "어이쿠, 무서워라!" 하고서는 종종걸음쳐 집들 사이로 잽싸게 사라져 버렸다.

'음, 역시 생각한 대로야' 싶었다.

이번에는 첫번째 십자로에서 사뿐사뿐히 걸어오는 회색 빛 고양이와 마주쳤다. 이 근방에서 마음이 여리고 약하기로 꼽는다면 첫째가는 고양이다. 분명코 조금 전의 그 시궁쥐 녀석 이상으로 겁에 질려서는 당장에 줄행랑을 놓을 게 뻔했다.

상대는 나와 눈길이 마주치지 않도록 무진히 애를 썼다. 그런데도 내가 기묘한 그림판을 목에 매달고 있는 것이 영 마음이 쓰여서 어쩔 수가 없는 모양이었다.

아무렇지도 않은 듯이 태연스레 내 앞을 가로질러 가려다가 급기야 나와 눈길이 마주치고 말았다.

"안녕!"

심약한 고양이에게서 나직한 목소리가 새어나왔다.

"음, 안녕!"

나도 인사말을 건넸다.

심약한 고양이는 조금 머뭇머뭇하다가 내 목에 내걸려 있는 판자때기를 바라다보았다.

MÓW MI KOTKU

"나를 쬐꼬만 고양이라 부르지 마"

그러고는 내 예상을 보기 좋게 뒤엎는 행동을 취하였다.

풋! 하고 터져 나오려는 웃음을 간신히 참아내면서 냅다 내빼 버렸다. 웃음보가 터져 나오는 것을 가까스로 참아내려니, 고운 회색빛 등 언저리가 실룩실룩했다.

예상외의 결과였지만, '뭐 어떠랴' 하는 심사로 계속해서 나아갔다.

어쨌든 서로 불필요한 대화는 하지 않아도 되었으니까.

그리고, ……아아, 드디어 십자로에서 오른쪽으로 굽이 돌아 첫번째 골목에 접어들었다.

이 언저리는 심술궂기로 유명한 고양이의 영역이다.

한 발짝을 들여놓자마자 어김없이 녀석이 나타났다. 하얗고 작은 예의 심술꾸러기 고양이다.

나는 판자때기를 목에 내건 채로 길 한복판에 멈춰 섰다.

MÓW MI KOTKU

"나를 최꼬만 고양이라 부르지 마"

작고 하얀 심술꾸러기 고양이도 나의 진행을 저지할 태세로 멈추어 섰다.

나와 녀석의 눈에서 불꽃이 튀었다.

그러다가 녀석의 시선이 나의 그림판으로 향하였다.

그럴지라도 심술꾸러기 고양이뿐이어서인지 나는 여유가 만만했다.

녀석은 나의 그림판을 오래오래 바라다보고 서 있었다.

골목은 물론이고, 거리 전체에 긴장감이 감돌았다.

녀석은 어떤 행동을 취하려나? 풋! 하고서 웃음을 터뜨리려나, 아니면 두려워 꼬리를 내리고서 순순히 길을 내주려나?

나는 후자이리라고 예상했다. 이 녀석에게는 유머가 통하지 않을 터이기에. 이런 단세포적인 심술꾸러기 고양이가 이 그림의 의미를 알 리가 없다.

서로를 오래도록 노려보고 서 있자니, "……이." 하고서,

녀석이 조금 어울리지 않게 나직한 소리로 웅얼거리는 듯한 느낌이 들었다.

"무어?"

내가 되물었다.

"쬐꼬만 고양이!"

심술꾸러기 땅꼬마 고양이 녀석이 이번에는 좀더 큰 소리로 내질렀다.

그리하여 나는 방금 지나왔던 수십 미터나 되는 거리를 되돌아가야만 했다.

목에 내걸린 그림판이 이리저리 거추장스럽게 자꾸만 흔들거렸다.

휑뎅그렁하니 비어 있는 집으로 돌아온 나는, 이만저만한 낭패가 아니었다는 생각을 하며 의자에 앉았다.

차를 마시면서 테이블 위에 놓여 있는 그림판을 골똘히 바라다보았다.

MÓW MI KOTKU

"나를 쬐꼬만 고양이라 부르지 마"

그러고는 나직이 "쬐꼬만 고양이!" 하고 혼잣소리로 중얼
거려 보았다.

나의 생일

2월 6일, 오늘은 나의 생일이다.

변두리 노천시장에 나가 보았다.

평일이라서인지 손님이 적었다.

그래서 이전부터 이런 악취미적인 물건은 절대로 사지

않겠노라고 단단히 마음먹어 왔던 새빨간 장화를 사고 말

았다.

그런 뒤, 다시금 거리로 타박타박 걸어 나왔다.

도중에 귀덮개가 달린 중고품 모자를 붙안고 서 있는, 아주 예리한 눈빛으로 주시하고 있는 아주머니를 만났더 랬다.

그다지 마음에 들진 않았으나, 값이 헐하기에 그것까지 사버리고 말았다.

거리의 이 골목 저 골목들을 하릴없이 돌아다녔다.

그러다가 길모퉁이에 자리한 헌옷 가게에 낡은 어린이용 외투가 걸려 있는 걸 보았다. 바느질 솜씨가 좋아 보이지는 않았다.

주뼛주뼛 가게 안으로 들어가, 얼굴에 언짢은 기색이 역력한 아저씨에게서 그 외투를 사입었다.

이렇게 해서 나는 오늘 여태까지 차곡차곡 모아 온 돈을 죄다 써버렸다.

반지하로 내려가는 계단은 꽁꽁 얼어붙어서 위태롭기 그지없었다.

얼음장처럼 차디찬 방 안으로 들어섰다.

어흐흐…….

마음이 조금 차분해지기를 기다렸다가, 잔뜩 금이 간 자그맣고 둥근 거울을 들여다보았다.

볼품없이 초라했다.

견디다 못해 차를 끓여 마셨다.

한참 뒤, 재차 거울을 들여다보았다.

괴이쩍게도 이번에는 의외로 잘 어울렸다.

나는 혼잣소리로 중얼거렸다.

"축하해…… 나의 생일……."

극장

오랜만에 영화를 보려고 길을 나섰다. 이제 3월인데도 한겨울보다 차가운 바람이 일고, 진눈깨비까지 흩날려 꼬리 끝이 반쯤 얼어붙은 채로 어두운 거리를 걸어갔다.

극장은 잠에 빠져 있는 듯한 건물과 건물 사이로 난 좁다란 골목 끝에 가로누워 있었다. 여태까지 지나는 이 하나 없다 싶었는데, 웬걸 하나둘 잰걸음으로 빠르게 움직이는 어떤 그림자들이 입구 쪽으로 빨려 들어가고 있었다. 주위는 여전히 어두웠고, 모자에서 비어져 나온 듯한 큼지막한 귀만이 언뜻 보였을 뿐 꼬리의 모양은 그것이 있는지 없는지조차도 가늠하기 어려웠다.

이제부터 보려는 영화를 생각하면, 이런 날 밤에도 과연 관람객이 있을지 싶은 의문도 생겨났지만, 그래도 어디를 가나 뜻을 같이하는 무리는 있을 거라는 느꺼운 감정이 차오르면서 나 또한 눈 깜짝할 사이에 입구로 빨려 들어가고 말았다.

　무뚝뚝한 갈가마귀 검표원에게 표를 내보이고서 로비로 들어섰다.

　로비는 휑뎅그렁하니 아무도 없었다. 닫혀 있는 객석 출입문의 안쪽에서 무슨 말인지 알아들을 수 없는 목소리와 음악이 새어나왔다. 벌써 시작되었나 싶어서 서둘러 안으로 들어갔다.

　놀랍게도 로비는 그렇듯이 휑하니 비어 있던 반면에, 객석은 반 이상이나 들어차 있었다. 그렇더라도 대부분이 가운데 열에 진을 치고 있었고, 그밖에는 좌우 통로 쪽에 일렬종대로 줄을 지어 앉아 있다시피 했다. 이런 날씨와 이 같은 종류의 영화치고는 그래도 훌륭한 성과가 아닐 수 없었다.

　좀더 빨리 왔더라면 좋았을걸 하고 생각하면서 앉을 자리를 찾았다. 잘 보니 여기저기가 비어 있었다. 조금이라도 더 잘 보일 성싶은 자리를 확보하는 데 누구나 처음 얼마간은 열중하는 법이다. 여기가 좋으려나? 아니면 저기? 그러는 사이 결국 어디라도 좋다는 기분으로 바뀐다. 어쨌든 맨 뒷자리에 앉아서 어둠에 충분히 익숙해진 뒤, 나는 조금씩 앞자리로 옮아갔다. 이윽고 중앙보다 약간 왼쪽 열에 자리를 잡았다.

상영되고 있는 작품은 〈이스탄불의 점쟁이 토끼〉라는 귀여운 제목의 희극이었다.

스크린을 통해 보여지는 거리거리들도 조금 전에 내가 걸어왔던, 오래되어 헐고 너절한 거리와 다를 바 없이 음울한 분위기를 자아내고 있었다.

그런데다가 내 앞줄에 턱 버티고 있는 두 개의 기다란 귀가 아까부터 여간 신경에 거슬리는 게 아니었다. 그 두 귀 때문에 스크린이 세 갈래로 나뉘어 버린 터였다. 왼쪽 귀의 왼쪽, 두 개의 귀 사이, 오른쪽 귀의 오른쪽 이렇게.

반은 봐도 안 봐도 그만인 영화이긴 하지만, 그래도 역시 신경이 쓰였다. 일단 신경이 쓰이기 시작하면 점점 더 신경이 쓰이는 법이다. 자리를 옮겨야겠다고 생각하면서도, 그래도 그렇지 이렇듯 기다란 귀는 여기가 극장 안인 만큼

조금 내려주는 게 예의 아니겠나, 어차피 자리를 옮겨야 할 거라면 한마디 주의나 주어야겠다고 마음먹고서 어깨를 가볍게 툭툭 쳤다.

"뭐지?"

옆쪽을 힐끗 한 번 바라다보면서, 앞줄에 앉은 기다란 두 귀의 소유자가 혼잣말처럼 중얼거렸다.

"저, 귀가 기다라니 있어서 잘 보이지가 않아요. 조금만 구부려 줄래요?" 하고, 나는 그의 귓전에 대고서 속삭였다.

"안타깝게도 이 기다란 귀는 날 때부터 이랬는걸요. 이젠 괜찮죠?"

기분 상하지 않게 그는 순순히 귀를 구부려 주었다. 단지 왼쪽 귀만.

스크린이 내 눈앞에서 두 갈래로 나뉘었다. 오른쪽 귀의 왼쪽과, 오른쪽 귀의 오른쪽으로.

한참을 참을성 좋게 견디다가, 역시나 신경에 거슬려 안 되겠다 싶어 자리를 옮기기로 작정하고 그 열에서 나오려는 순간, 나 다음으로 들어와서 내 왼쪽의 왼쪽의 왼쪽의 통로 쪽에 자리를 잡은 아주 거대한 곰의 모습이 언뜻 눈을 스쳤다.

하는 수 없이 앞쪽에 앉은 이의 어깨를 가볍게 다시 한 번 툭툭 쳤다.

"왜 그러는데요?"

이번에는 눈을 부릅뜨고서 뒤를 돌아다보았다. 얼굴이 꽤 큰 토끼였다.

"저, 다른 쪽 귀도 방해가 되어서 그러는데, 괜찮다면 조금만 구부려 주면 안 될까요?"

토끼는 골똘히 생각하더니, "이렇게 타고났으니 별 도리가 없군요. 하지만 뭐, 괜찮아요." 하며 몸을 앞으로 되돌렸다. 그러고는 한쪽 귀마저 구부려 주었다.

스크린에서는 토끼와 고양이가 접치는 일을 하고 있었다. 별 이상한 이야기도 다 있지 싶었을 때, 내 바로 뒷자리에서 뭔가를 부딪는 소리가 딱딱 들려왔다. 그러더니, "단단하기도 하지. 아무리 하여 보아도 바서지지가 않으니 말이야." 하고 혼잣말로 중얼거리는 소리와 함께 또다시 딱

딱 부딪는 소리가 더욱더 크게 들려왔다.

이상하다, 내 뒷자리엔 아무도 없었던 것 같은데, 도중에 누가 들어왔었나, 하지만 그런 기척일랑은 전혀 없었는걸, 곰곰 생각하며 고개를 살며시 옆으로 돌려 살펴보려다가 커다란 호두를 붙안고 있는 시궁쥐와 그만 눈길이 딱 마주치고 말았다. 당황한 나는 얼른 앞쪽으로 얼굴을 돌렸다.

뒤쪽에서 뭔가를 부딪는 소리는 이제 더이상 들려오지 않았다. 다행스러웠다. 그러다가 "보이지가 않아, 도무지 보이지가 않는단 말이야." 하는 작은 중얼거림이 내 귓전을 울리고 지나갔다.

나는 무심코 뒤쪽을 돌아보았다. 또다시 시궁쥐와 눈길이 마주치고 말았다.

"……저, 큰고양이님은 귀 역시 조금 큰 편이로군요."

시궁쥐가 말하였다.

그러고 보니 내 귀도 쥐 쪽에서 보자면 꽤 큰 편에 속하지 싶었다. 당황한 나는 두 귀를 재빨리 뒤로 잦혔다.

그렇게 한참이 지났을까, "그래도 보이지가 않아, 역시나 보이지가 않아." 하고 중얼거리는 시궁쥐의 혼잣소리가 재차 들려왔다.

곰곰이 생각해 보니, 그도 그럴 터였다. 그러잖을 수 없는 것이 시궁쥐의 눈높이에서 보자면, 바로 앞에 좌석이 있을 경우 어쨌든 그 뒤쪽에서는 무엇 하나 보이지가 않을 터이기 때문이다. 그렇더라도 우선은 신경이 쓰여서 나는 머리를 조금 더 수그려 주었다.

뒷자리의 시궁쥐는 더이상 꿍얼거리지 않았다.

영화는 벌써부터 후반부로 치닫고 있었다. 마음이 산란하여 대강의 줄거리조차 파악하기 어려운데다가, 또 애초부터 이 영화 자체가 터무니없기도 했다.

이윽고 스크린 속에서 러시안 집시 음악이 흘러나오기 시작했다. 그때 맨 앞쪽에 있는 좌석에서 아까와 같은, 뭔가 굳고 단단한 것을 의자 등받이에 세게 부딪는 소리가 딱딱 울려들었다. 그러면서 "바서지지가 않아, 왜 이렇게 바서지지가 않는 거야." 하고 꿍얼거리는 듯한 소리가 들리는 것 같기도 했다.

혹여나 하는 생각에 나는 뒷자리를 넘겨다보았다. 아무도 없었다.

하지만 수수께끼는 이내 풀렸다. 예의 시궁쥐는 분명코 좌석 밑으로 기어들어 저 앞쪽까지 이동했을 것이기 때문이다. 그랬는데도 안 보일 리는 없을 테지.

딱딱 부딪는 소리와 "역시나 바서지지가 않아, 아무리 하여 보아도 바서지지가 않는단 말이야." 하는 소리가 또렷이 들려온 건 그로부터 또 한참이 지나서였다. 누군가 "쉿!" 하고 짧은 경고음을 발하였다. 그런 뒤로는 앞쪽에서 딱딱 부딪는 소리가 더는 들려오지 않았다.

극장 안에 간신히 고요가 깃들고, 모두가 스크린을 응시하고 있었다. 내 앞자리에 앉아 있던 토끼가 돌연히 일어나는가 했더니, 통로로 나갈 요량인 듯했다. 어라? 아직 상영중인데, 왜 그러는 거지 하는 마음이 들었다. 그러다 토끼와 눈길이 마주치고 말았다.

그러자 마치 내 마음을 읽기라도 한 것처럼 "이제 토끼는 등장하지 않으니까."라는 한마디를 남기고서 냉큼 자리를 떠버렸다.

아닌 게 아니라 점쟁이 토끼는 더이상 스크린에 모습을 드러내지 않았다.

그렇다면 내 앞자리에 앉았던 토끼는 이 영화를 처음 보는 게 아니었을까?

그도 아니라면 몇 번이고 되풀이해서 보았을는지도 모른다. 여하튼 그런 것이야 아무래도 나와는 상관없는 일이니까. 나는 다시금 스크린에 집중했다.

이미 영화의 줄거리도, 또 구성도, 도무지 뭐가 뭔지 알 수 없게 되어 버렸지만, 그래도 나름으로는 열심히 스크린을 주시했다. 뭐라도 알 수 있지 않을까 하는 심정으로.

그러자니 이번에는 내 오른편께서 까삭까삭, 까삭까삭, 까삭까삭 하는 소리가 어둠을 타고 들려왔다. 몹시 신경이 쓰이기에 그쪽으로 눈길을 주었는데도 아무런 변화가 없다. 나의 오른편 옆자리에는 붙임성이라곤 없어 보이는 어치가 꼼짝 않고 앉아서 앞을 바라다보고 있었다.

또다시 까삭까삭, 까삭까삭 하는 소리가 들려왔다. 나도 모르게 소리나는 쪽으로 눈길이 쏠렸다. 어치가 곁눈질로 나를 흘끔거렸다. 아무렇지도 않은 듯이 스크린을 응시하고 있을 마음이 좀처럼 생겨나지가 않았다.

겨우 진정이 되어 갔다. 스크린으로 눈길을 돌렸다.

갈까마귀가 노를 젓고 있는 작은 배에 큰고양이와 갈매기가 올라 금각만*을 건너는 중이었다. 왠지 모르게 영화가 끝나가고 있다는 느낌이 들었다. 나 또한 그 작은 배와도 같이 뱃전에 몸을 부딪혀 오는 파도들에 조용조용히 흔들리고 있는 것만 같았다.

*금각만(金角灣, Golden Horn)
　튀르키예의 도시 이스탄불을 끼고도는 해협 어귀의 이름.

그때 까삭까삭, 까삭까삭, 까삭까삭 하는 소리가 다시 또 들려왔다. 어치가 조금 두렵기도 하였지만, 더는 참을 수가 없어 고개를 옆으로 돌렸다. 운 좋게 어치의 눈길도 오른쪽으로 향해 있어, 그 부리에 가려서 안 보이는 일 없이 오른쪽이 훤히 다 내다보였다.

이 열의 맨 끝머리 좌석에서, 다람쥐가 갉작거리다 만 도토리를 붙안은 채 입놀림을 계속해대고 있었다.

아하, 그래서 그랬구나! 수수께끼가 풀려 안도감을 느끼면서 다람쥐의 모습을 지켜보고 있으려니, 어치가 정면을 향해 자세를 고쳐 앉으려다가 곁눈으로 흘끗 나를 흘겨보았다. 나는 어찌할 바를 몰라 얼른 앞쪽으로 고개를 돌려버렸다.

일정한 간격을 두고서 까삭까삭거리는 소리는 끝까지 계속되었다. 시끄럽지는 않았지만, 그래도 은연중에 신경이 쓰이는 소리이긴 했다.

그리고 얼마 지나지 않아서 영화는 끝이 났다. 좌석들이 삐걱삐걱 덜커덩덜커덩하는 소리들이 한동안 계속되다가, 열린 문으로 향하는 관객들의 말없는 발걸음이 이어지기 시작했다.

물론 개중에는 끄떡없이 견고한 커다란 호두를 붙안고 가는 시궁쥐도, 곰도, 붙임성 없는 어치도, 또 먹다 남은 도토리들이 잔뜩 담겨 있는 자루를 달랑달랑 들고 나가는 다람쥐도 있었다.

이윽고 나는 본디부터 묘한 영화의, 뚝뚝 끊어져서 불가사의한 느낌이 점점 더하여 가는 그 세계에 푹 빠져든 채 어둑한 밤거리를 지나 집으로 향하였다.

빛나는 별들은 일찌감치 밤하늘에 총총히 붙박여, 감히 그것을 떼어낼 자가 없었다.

죽음의 침상에 대한 기록

두 블록 앞의 대로에서 왼쪽으로 돌아 바로 그 자리, 낡은 석조 아파트의 고미다락에 가난한 작가 고양이 한 마리가 살고 있었다.

　서로를 알게 된 지 반 년 정도 지났을까, 매일없이 드나들던 카페에 통 나타나지를 않았다.

　12월의 크리스마스를 앞둔 어느 추운 겨울날, 나는 걱정이 되어 방금 끓인 따끈따끈한 감자 수프 냄비를 머플러로 감싸들고서, 눈이 나풀나풀 흩날리는 거리를 걸어갔다. 꽁꽁 얼어붙은 거리에서 미끄러지지 않도록, 또 소중한 수프가 쏟아지는 일이 없도록 조심조심하면서.

아파트 현관을 지나 숨을 헐떡여 가면서 차갑게 얼어붙은 계단을 올라갔다.

그의 방은 3층의 맨 끄트머리께에 있었다. 손으로 쓴 듯한 손때 묻은 표찰이 문 옆에 대갈못으로 붙박여 있었다.

단편작가
거무스름한 고양이
우레나이코프

똑똑.

"················"

똑똑.

"················"

나는 좀더 세게 문을 두드렸다. 쿵쿵쿵.

"······누구세요. 콜록콜록. 열려 있어요."

낮고 희미한 목소리가 안쪽에서 새어나왔다.

문을 밀고서 안으로 들어갔다.

그는 방 한쪽에 놓인 침상에 담요를 덮어쓴 채로 누워 있었다.

"아니, 이게 누구야? 콜록. 어쩐 일이야, 여기까지."

담요 틈새기로 윤기 없는 털빛과 귀가 내비쳤다.

"으응. 요즈음 도통 보이지가 않아서 무슨 일이 생긴 건 아닌가 하고 말이야. 그다지 좋아 보이진 않는걸?"

"콜록콜록. 그래, 시독한 감기에 걸려 버렸지 뭐야. 고맙 게시리 그사이 폐렴이라도 걸려서 세상을 하직해 버렸으 면 싶었는데."

"마침 잘되었네. 뜨거운 수프를 좀 만들어 왔는데. 조금 이라도 먹어 봐."

"아니, 신경 쓸 거 없어. 난 이제 가망이 없는걸. 콜록."

"그런 말일랑은 말고, 어서 조금이라도 먹어 봐."

"아냐, 그냥 내버려둬! 난 이 세상을 그만 하직해 버리고 만 싶으니까……."

"그럼 여기에 이렇게 차려 놓고 갈 테니까, 꼭 좀 챙겨 먹도록 해.”

신신당부를 해두고서, 나는 방을 나왔다.

이튿날, 눈은 그쳤으나 날은 몹시도 차가웠다.

걱정이 되어, 오늘 만든 사탕무 수프를 냄비에 담아 들고서 밤길을 서둘렀다.

가쁜 숨을 몰아쉬며 계단을 올라 그의 방 문 앞에 섰다.

똑똑.

“……………”

똑똑.

“……………”

그러다가 문득 문 밑을 내려다보니, 내가 어제 두고 간 냄비가 눈에 들어왔다.

텅비어 있었다.

그래, 먹어 주었구나 하고 나는 생각했다.

똑똑. 똑똑똑.

“열려 있어.”

기운 없는 목소리가 저 안쪽에서 흘러나왔다.

문을 밀고 안으로 들어가니, 어제와 마찬가지로 담요를 덮어쓴 채 침상에 누워 있었다.

"어때? 몸은 좀 괜찮아?"

"아, 상관하지 마! 난 이제 죽을 거야. 아니, 죽고 싶어."

어제보다는 살짝 커진 목소리가 담요 속에서 새어나왔다. 게다가 담요 속에서 이따금씩 짜증스레 움직거리는 꼬리의 끄트머리도 비어져 나오고는 했다.

나는 방 안을 둘러보았다. 볼품없는 침상과, 책상을 겸한 식탁말고 달리 눈에 띄는 것은 없었다.

예의 식탁 위에는 법랑냄비와 수프 접시며 숟가락 등이 아무렇게나 널브러져 있었다. 그냥 다 빈 그릇이었다.

그리고 그 한쪽으로 아무것도 씌어 있지 않은 노트가 펼쳐져 있었다. 잉크가 말라붙은 펜도 덩그러니 놓여 있었다. 잉크병은 보이지 않았다.

"사탕무 수프를 만들어 왔는데, 저기 괜찮으면……."

"아니, 제발 날 좀 그냥 내버려둬! 하루라도 빨리 이 세상과 작별하고 싶어서 몸이 근질근질하단 말이야."

"그럼 여기에 놓아둘 테니까, 몸조리 잘해."라고 말하고서, 나는 방을 나왔다.

문을 조용히 닫고, 바깥에 놓여 있는 나의 냄비를 품안고서 얼어붙어 버릴 것만 같은 한밤중의 거리를 아무 생각도 하지 않은 채 오롯이 걸어 돌아왔다.

다음날은 느지막이 일어나 도서관으로 향했다.

서투르키스탄의 지지(地誌)를 열람하고 나오자, 가로등 불빛만이 흩날리는 눈발 속에 덩그러니 떠올라 있었다.

그는 어떻게 지내고 있으려나 하는 생각이 차올랐다.

서둘러 집으로 돌아온 나는 남은 재료들로 솔얀카*를 만들었다.

김이 모락모락 피어오르는 솔얀카가 담긴 냄비를 머플러로 감싸들고서 또다시 집을 나섰다. 눈발은 점점 굵어져 거리거리를 새하얗게 휘덮어 갔고, 동물도 사람도 거의 찾아볼 수가 없었다.

*소금절임에 올리브와 케이퍼를 곁들인 진한 맛의 러시아 수프.

얼어붙은 돌층계를 올라 아파트 현관으로 들어서자, 마치 석관처럼 건물 전체가 온통으로 얼붙어 버린 것만 같았다. 층계참에서 잠깐이라도 쉴라치면 한기가 품속을 파고들어 온몸이 부르르 떨리곤 했다. 머플러 속의 수프도 차갑게 식어 버렸을 터였다.

가까스로 그의 방 앞에 당도했다. 한쪽 손으로 냄비를 꼭 그러잡고서 똑똑, 문을 두드렸다.

똑똑.

아래쪽으로 시선을 돌리자니, 발치께에 나의 냄비가 놓여 있었다. 안은 말끔히 비워져 있었다.

다행히도 다 먹은 모양이었다.

똑똑똑.

"누구신가요, 열려 있답니다~."

작긴 했으나, 왠지 생기가 도는 듯한 그런 목소리였다.

문을 밀치자, 곧장 침상이 보였다. 담요에서 비어져 나온 꼬리가 좌우로 분망히 움직이고 있었다.

"어때, 몸은 좀?"

"아, 너였구나. 신경 쓰지 마! 어차피 난 죽을 몸이야."

"그래도 기침은 웬만큼 잦아든 것 같은데."

"아냐, 콜록콜록콜록. 하려고 들면 봐, 여전히 나온다니까. 여하튼 날 좀 내버려둬! 이놈의 세상, 살아 있어 봤자야. 난 천애 고독 속에서 종이 나부랭이처럼 바스러져 가고 말걸. 잘못 써서 못 쓰게 된 파지 같은 것, 그게 나의 일생일 테지."

"음, 그렇더라도 이 솔얀카를 잘 데워먹고 난 연후에, 그러니까 죽는 걸 조금만 더 늦추면 안 될까?"

"아니야, 이따위 고양이한텔랑은 신경 쓰지 말라고! 난 머지않아 죽고 말 테니까. 그러니 그냥 이대로 내버려둬 달란 말이야!"

"그렇지만 냄비는 이곳에 두고 갈게."라고 말하고서, 나는 그만 방을 나설 참이었다. 그러다 무심코 돌아다보니 큰길에 면하여 있는 자그마한 창 너머로 희미한 오렌지빛을 내비치며 눈 속에 홀로 서 있는 가로등 불빛이 눈에 들어왔다.

다음날, 나는 도서관에서 잠이 들어 버리고 말았다.

직원(떼까마귀였다)이 폐관할 시간이라며 깨웠을 때서야 어리둥절한 표정으로 어릿어릿 걸어나왔다.

신기하게 날씨는 화창하면서도 몹시 추웠다. 그리고 그와의 일도 그렇듯 까맣게 잊어버리고 말았다.

다음날엔 언제나처럼 들르던 카페에서 밤베리*의 《투르키스탄 잠입기》를 읽고 있었다.

그러다 어치 웨이터가 옆 테이블에서 주문을 받고 있을 때, 그러니까 그 길다란 꽁지깃이 내 눈앞에서 성가시게 어른어른 흔들리고 있을 때, 담요에서 비어져 나온 예의 거무스름한 꼬리가 문득 떠올랐다.

집으로 돌아와, 남아 있는 야채들로 수프를 만들었다.

*아르민 밤베리(1831~1913): 헝가리인. 여행가이자 동양학자. 1860년대에 데르비슈의 모습으로 중앙아시아를 탐험. 여기서의 투르키스탄 잠입기라는 것은 아마도 Travel in Central Asia(1867)로 여겨진다.

똑똑. 똑똑.

"……" "……"

똑똑똑.

아무런 반응이 없었다. 나는 조금 걱정이 되었다. 아래께를 보니, 나의 냄비가 놓여 있었다. 빈 그릇이었다.

똑똑똑.

"……"

하는 수 없이 문을 밀쳤다. 문은 열려 있었다.

"어때, 몸은 좀?"

"……"

"없는 거야?"

"……"

침대밑에서 기분 좋게 코 고는 소리가 나고, 담요에서 비어져 나온 꼬리 모양이 무언의 답을 해주고 있었다. 윤기를 되찾은 털빛이 어슴푸레한 남폿불에 검은빛을 띠었다.

"어때, 몸은 좀? 나아진 거 같아?"

뭐라고 중얼중얼하며 담요 속에서 두 개의 귀가 쏙 나왔다. 그리고 초록빛 두 눈도.

"이런, 너였어? 신경 쓰지 말라니까! 난 이미 죽은 거나 다름없어."

"그래도 털빛에 꽤 윤기가 있어 뵈는걸."

"아냐, 이젠 가망이 없어. 어젠 종일토록 아무것도 먹지 못했는걸 뭐."

"마침 잘되었네. 이거, 남은 야채들로 만든 수프인데 한번 먹어 보지 않을 테야?"

"아냐, 그냥 이대로 내버려둬. 어서어서 떠나 버리고만 싶어, 이 세상 따위. 누구도 내가 쓴 글 나부랭이 따윈 읽어 주지 않을 테니 말이지."

"그렇게 나약히 굴지만 말고, 우선은 이거라도 좀 먹어 봐야 하지 않겠어?"

"아냐, 난 조금도 나약하지 않아. 나는 적극적으로 절망과 고독 속에서 죽어가고 싶을 뿐이야. 그냥 그게 다야. 그러니 염려하지 말라고."

담요 속에서 빠끔히 내민 두 눈이 어슴푸레한 방 안에서 맑게 빛났다.

그리고 이야기를 할 때마다 꼬리 끝이 좌우로 흔들리는 양이 생기롭기까지 했다.

"그럼, 여기에 놓아둘게. 어서 나아야지!"

순간 초록빛의 그 투명한, 보석 같은 두 눈이 탁자 위를 건너다보는 것 같았다.

손잡이를 돌려 문을 열려다 말고 돌아다보니, 작은 창으로 큰길을 사이에 두고 서 있는 건너편 건물의 창들이 어둠 속에 띄엄띄엄 떠 있는 모습이 눈에 들어왔다.

문 밖에 나와 있는 그저께의 냄비를 들고서, 나는 집으로 향했다.

차갑게 식은 냄비를 든 손이 감각이 없을 정도로 얼어 장갑을 가져오지 않은 것을 후회했다.

그러고도 약 열흘가량, 나는 매일같이 그의 집을 드나들었다. 물론 뜨거운 수프도 함께.

그는 언제나처럼 같은 대사만을 반복했다.

"상관하지 말아 줘, 난 이미 죽은 목숨이야."

"그냥 내버려둬. 이젠 작별이야."

그러던 어느 날, 내 주방의 먹을거리들이 바닥을 드러내기 시작했다. 감자는 쥐가 갉아먹은 것말고는 한 알도 남아 있지 않았다.

시장에 가는 도중, 예의 단골 카페에 들러 《투르키스탄 잠입기》의 읽다 만 나머지 부분을 읽고 있자니, 내 앞자리에 그가 앉았다.

"이번 감기는 정말 지독했어. 알다시피, 난 근 한 달 동안, 거의 죽을 뻔했지 뭐야. 아니, 이런 썩어빠진 세상에서 한시라도 빨리 작별하고 싶었는데, 하늘도 무심하시지. 난 그대로인걸 뭐."

그는 이렇게 말하고서, 쭉 뻗어나온 수염을 실룩거렸다.

"이봐, 뭘 그렇게 읽고 있는 거지? 뭐야, 이번엔 중앙아시아 탐험에라도 나서려는 거야? 넌 그냥 좀 느긋이 지내도 되지 않아."

커피를 주문한 그가 다시 말을 이어 나갔다.

"하지만 말이야, 죽음에 다다를 뻔했던 이번 체험으로, 한 가지 깨달은 게 있지."

"무얼 깨달았는데?"

"응, 결국은 말이지, 이 괴물 같은 엄청난 도시에서, 그 절대고독 속에서, 누구의 관심도 받지 못한 채 버려지처럼 죽어간다는 절망감. 그리고 내 작품도 한낱 종이 부스러기에 지나지 않아 쓰레기통에 처박히고 말 테지."

"후유!"

"하지만 귀중한 체험이었어, 정말. 그리고 난 생각했지. 이 체험을 수기로 쓰겠노라고, 또 소설로도. 제목은 〈죽음의 침상에 대한 기록〉. 도시 한 귀퉁이에서 이름도 없이 스러져 간 어느 검은 고양이 작가의 이야기인 게지."

"검은 고양이라니, 완전히 검지는 않잖아."

"상관없어. 세세한 부분은 사실과 조금 다르더라도 소설이니까 괜찮아. 참, 화제가 좀 빗나간 이야기이기는 하지만, 네가 만든 감자 수프는 정말 최고였어. 맛이 일품이었다니까, 정말이야."

그렇게 우리는 반시간쯤 이야기를 나누었다. 그렇기는 해도 거의 그가 얘기를 주도하였고, 나는 듣기만 하는 쪽이었다. 이야기를 하는 동안에도 그의 꼬리는 전후좌우로 힘차게 잘도 흔들렸다.

나는 어쩐지 꼬리를 축 늘어뜨린 채 그의 이야기를 듣고만 있었다.

"자, 이제부터는 빨리 창작에 들어가야 해."

이 말을 남기고, 그는 기세 좋게 자리를 떠나갔다.

나는 밤베리의 책을 붙안고서, 저물녘의 시장 어귀에서 감자 품평을 하고 있었다.

시장 아주머니로부터 양동이를 빌려 무거운 감자들을 담아 나르면서, 그 사이에도 맛있는 수프가 만들어지면 또 그의 집에 가져가야겠노라고 생각했다. 그가 다시금 절망에 이르기까지 그렇게 많은 날들을 필요로 하지는 않을 거라는 생각이 들었기 때문이다.

그래도 오늘은 이상하게 따뜻한 하루였다고 생각하면서.

쫑긋한 귀

여름날의 따가운 햇볕을 피해, 우리는 나른한 모습으로 서 있는 마로니에 나무 아래 서서 이야기를 나누고 있었다.

"저 말이야, 얀!"

"왜 그러는데?"

"이따금씩 생각하곤 하는 건데, 귀는 왜 있는 걸까?"

"어? 그건 갖가지 소리를 듣기 위해서가 아닐까, 말 같은 것도 듣고."

"그렇다면 얀, 구멍만 뚫려 있으면 되는 거잖아, 귓구멍만."

"그래, 그렇네. 하지만 이렇게 귀가 쫑긋 서 있어야 소리가 더 잘 들리는 게 아닐까?"

"그럴까? 난 이렇게 해도 잘 들리는데."라고 말하며, 시궁쥐는 양쪽 귀를 꼬옥 눌러서 머리에 딱 붙이는 시늉을 해보였다.

그래서 어쩔 수 없이 나도 양쪽 귀를 꼬옥 눌러 보았다.

앞쪽에서 나는 소리는 아주 조금 작게 들리는 것 같았는데, 뒤쪽에서 나는 소리는 이렇게 하는 것이 더 잘 들릴는지도 모를 터였다.

"봐, 들리잖아."라고 시궁쥐가 말하였다.

"그래."라고 내가 답하였다.

"저 말이야, 얀! 왜 우리들의 귀는 이렇게 쫑긋이 서 있는 걸까?"

순간, 나는 깨달았다!

"그렇지! 이렇게 들어올릴 수가 있는 거네!"라고 말하면서, 나는 시궁쥐의 두 귀를 붙잡고서 높직이 들어올렸다.

킥킥, 웃음소리를 터뜨리며 시궁쥐는 몹시 즐거워했다.

그리고 천천히 착지.

귀를 놓아 주었는데도 시궁쥐는 여전히 킥킥거리며 재미있어 했다.

"그렇게 재미있어?"

"응, 매우! 역시 귀는 서 있는 게 좋아!"

"그래, 그렇지 않으면 들어올릴 수도 없을 테니까 말야."

어느 결에 우리는 마로니에 가로수길을 따라 거닐고 있었다. 한 시간쯤 전에 내린 소나기가 남겨 놓은 듯 물웅덩이가 여기저기에 생겨나 있었다. 그 웅덩이에 비친 마로니에 잎들은 매우 시원스러워 보였다. 간간이 바람이 불어와서 수면에 물결이 일면 잎들도 어그러지고는 했다.

우리는 이리저리 물웅덩이를 피해 걸어나가야 했다.

그러나 지금 우리의 눈앞에 가로놓인 저 거대한 물웅덩이를 어떻게 건너갈 수 있으려나?

하는 수 없어 첨벙첨벙 물속으로 발을 내디뎠다. 시궁쥐는 킥킥, 또다시 웃음을 터뜨리며 즐거워했다. 왜냐하면 내가 두 귀를 붙잡아서 젖지 않도록 들어올려 주었으니까.

"얏, 서 있는 귀는 꽤 편리하네. 아무래도 이렇게 들어올릴 수 있도록 하려고 귀가 붙어 있는 건가 봐……."

"그래, 맞아."

우리는 이렇게 우리 앞에 놓인 장해를 거침없이 뛰어넘어 갔다.

"얀!"

"왜?"

"물고기에게는 귀가 없는데, 그럼 아무 소리도 들리지 않으려나……."

"그렇지는 않을 거야. 우리들이 다가가면 강어귀에 있던 작은 물고기들이 재빨리 도망쳐 버리잖아. 그건 아마도 풀들이 스치는 소리를 들었기 때문이 아닐까?"

"하지만."

"왜 또?"

"물고기의 귀는 우리처럼 이렇게 세워져 있지 않잖아."

"그래, 그것은 이런 까닭에서일 거야. 그러니까 물고기들은 물에 빠져 죽는 일 따윈 없잖아. 강이나 연못 같은 데서 말이야. 하지만 너는, 이를테면 연못에 빠질 때가 더러 있을는지도 모르잖아. 그런 일이 생긴다면 넌 어떻게 할 건데?"

"글쎄?"

"내가 네 귀를 잡아당겨서 건져내어 줄 거 아냐."

"앗, 그런가?"

우리는 또다시 첨벙첨벙 앞으로 걸어나갔다.

"얀!"

"왜?"

"저……, 새들한테도 귀가 없으려나?"

"그럴 리가 없지. 작은새들도 저마다 소리내어 지저귀잖
아. 게다가 까마귀떼는 시끄럽게 마구 떠들어대기까지 하
는걸. 만약에 서로의 소리를 들을 수가 없다면, 소리내어
지저귀는 일 따윈 하지 않겠지."

"그렇겠네. ……하지만 아무리 살펴보아도 귀는 없었는
데?"

"음, 그래도 귓구멍은 확실히 있을 거야, 분명코. 단, 우
리처럼 쫑긋한 귀는 아닐 테지만 말야."

"그렇군……."

시궁쥐는 아직은 어쨌든 납득이 가지 않는 모양이었다.

"저 말이야, 너도 구덩이에 빠져 본 적 있지? 있잖아 왜,
무슨 생각에 골똘히 잠겨서 걷고 있었을 때라던가."

"그래, 있지. 하지만, 아주아주 가끔이었어."

"그럴 때, 내가 함께 있다면 어떻게 할 것 같아?"

"아마, 귀를 잡아당겨서 끌어올려 주겠지!"

"그래, 그렇지."

"그럼 새 말인데, 새들도 구덩이에 빠지고 그러려나?"

"집오리말고는 구덩이에 빠지는 일 따윈 없을 것 같은데."

"맞아. 집오리 역시 빠지면, 날개를 파닥파닥거려서 조금은 날아오르겠지?"

"응."

"그러니까."

"아, 알았다! 그래서 새들에게는 귀가 달려 있지 않는 거였어."

"맞아, 그래서 쫑긋 선 귀가 필요 없는 거야."

우리는 마로니에 가로수길을 따라서 점점 더 나아갔다.

바라다보이는 하늘엔 모루구름은 사라지고, 뭉게구름이 뭉게뭉게 피어오르고 있었다. 이윽고 큰길을 건넜다. 하지만 아무도 만나지 못하였다. 여름날 오후의 께느른함이 거리를 온통으로 휩싸고 있었기 때문일 것이다. 그런데 바로 앞쪽, 마로니에 나무 아래에 아무런 움직임도 없이 우두커니 앉아 있는 쥐의 모습이 눈에 들어왔다.

가까이에 이르러서 보니 아주 땅딸막한, 그러니까 몸집이 꽤나 뚱뚱한 곰쥐였다.

"뭐하고 있어?"

시궁쥐가 예의 곰쥐에게 말을 건넸다.

"그냥."

우두커니 앉아 있던 곰쥐가 무뚝뚝하게 대꾸했다.

"그래? 있잖아, 내가 신나는 거 하나 가르쳐 줄까?" 하고 시궁쥐가 되물었다.

"그냥."

"저 말이야, 귀는 왜 달려 있게?"

"그냥."

"무슨 소리를 듣기 위해서라고 생각할 테지? 그것도 맞아. 그렇다면 쫑긋이 선 귀는 실은 무얼 위해 그런 걸까?"

"그냥."

"그래, 역시 알 리가 없겠지. 나도 몰랐으니까."

나는 두 친구의 대화를 아무 생각 없이 흘려들으면서, 뭉게구름이 천천히 흘러가는 모습을 바라보고 있었다. 동쪽으로.

"그렇다면 얀, 시범을 보여주자."

"응? 뭘?"

"그러니까, 귀는 어째서 달려 있는가를 가르쳐 주는 거야. 나한테 알려주었던 것처럼 이 곰쥐한테도 알려줘야지."

조금 성가시다는 생각이 들었다.

하지만 어쩌지 못해 예의 그 우두커니 앉아 있는 곰쥐의 두 귀를 잡아서 들어올렸다. 아무래도 무게 중심이 낮아서인지 묵직했다. 그래도 어떻게든 한참을 들고 있어 보려고 무진 애를 썼다.

마침내 곰쥐를 땅에 내려놓았을 때에는 온몸이 땀범벅이 되어 있었다.

"봐, 이렇게 필요할 때 누군가가 들어올려 줄 수 있도록

하려고 있는 거야." 하고, 시궁쥐는 자랑스레 가르쳐 주었다. 똥똥한 곰쥐는 말없이 고개만 끄덕였다. 그럭저럭 이해한 듯해 보였다.

그리하여 또다시 우리는 마로니에 가로수길을 따라 걸어 나갔다.

나는 쓸데없는 잡담을 늘어놓은 것을 조금 후회하며, 왠지 모르게 시궁쥐에게서 자꾸만 멀어지고 있었다. 시궁쥐는 신나게 걷고 있었다. 이런 기세라면 또 다른 누군가에게도 가르치려 들 게 뻔했다.

나는 귀가 쫑긋이 서 있는 동물들이 나타나지 않기를 바라며 계속해서 걸어나갔다. 다행스럽게도 거리는 여전히 한산했다.

그러다가 앞쪽의 마로니에 나무 그늘에서 햇볕을 피해 쉬고 있는 것 같아 보이는 개 한 마리를 발견하고야 말았다. 시궁쥐는 나보다 몇 걸음 앞에서 기분 좋게 걷고 있었다. 몹시 불길한 예감이 들었다.

다가가 보니 기다란 귀를 축 늘어뜨린, 검은갈색 털빛을 가진 커다란 개였다. 털은 짧은 편에 속했다.

시궁쥐는 내가 걸음을 멈추기도 전에, 이미 그 커다란 개에게 말을 건네고 있었다.

"있잖아, 귀는 왜 붙어 있는지 아니?"

"……."

아무래도 귀가 축 늘어뜨려져 있어서 잘 들리지 않는 모양이었다. 잘됐네 싶었다.

급기야 시궁쥐는 커다란 개의 기다란 귀 끝을 들추고서, "귀는 무엇 때문에 붙어 있는지 아냐고?"라며 큰 소리를 불어넣었다.

상대는 시궁쥐의 얼굴을 멀거니 바라다볼 뿐이었다.

"……."

시궁쥐는 하는 수 없었는지 내 쪽을 돌아다보았다.

"얏, 가르쳐 주지."

"음, 저기, 이쪽으로 좀 와 볼래?"

나는 조금 초조해졌다.

"뭔데?"

"저 말이야, 저 개한테는 분명히 크고 기다란 귀가 붙어 있긴 한데……."

"그래, 붙어 있지."

"음, 하지만 축 늘어뜨려져 있잖아."

"그렇지."

"이것은 곧 수없이 잡혀서 들어올려진 까닭에 귀가 늘어나 버린 거라고 볼 수밖에 없지 않을까."

"아, 그런가? 그럼 몇 번이나 구덩이에 빠졌거나, 연못에 빠지기라도 했던 걸까?"

"아마도 그랬겠지. 그러니까 저 정도로 귀가 늘어나 버리면, 더이상은 들어올릴 수가 없을 것 같아."

"그래, 알았어. 그렇게 여러 차례 들어올려졌다면, 저 개는 귀가 달려 있는 이유를 당연히 알겠구나."

시궁쥐는 금방 이해했다.

"맞아, 아마도. 아니, 분명히 그럴 거야."

우리는 다시금 걷기 시작했다. 켜켜이 포개진 마로니에 잎들이 연한 녹색 햇빛 가리개가 되어 우리를 여름날의 따가운 햇볕으로부터 지켜 주었다. 게다가 투명하게 비치는 잎맥들은 또 얼마나 예뻤는지 모른다.

"저, 얀."

"왜?"

"사모바르에도 두 개의 손잡이가 달려 있잖아. 양쪽에 하나씩 말이야."

"응, 그건 들어올리기 위해서일 거야."

"그래. 그러니까 얀, 그 손잡이가 바로 사모바르의 귀 아니겠어?"

"어, 그럴는지도……."라고 얼버무리면서, 나는 잠시 생각에 잠겨들었다.

귀는 들어올리기 위해서 붙어 있을 거라는 나의 시시껄렁한 견해. 그렇다면 그 반대 —— 들어올리기 위해서 붙어 있는 것은 귀다 —— 도 맞다고 할 수 있을까? 이런 생각들에 사로잡혀서 이 문제를 더 깊이 있게 파고드는 건 의미 없는 일이며, 오히려 상황만 더욱 복잡하게 만들 뿐이라고 나는 판단했다.

"귀 그 자체라기보다 귀 같은 것이 아닐까 싶어. 분명히 하지 못해서 미안, 잘 생각해 볼게. 그것보다 '사모바르' 하니까 잊고 있던 것이 떠올랐는데, 해질녘에 공원에서 차라도 마시지 않을래?"

"아, 얀! 그거 정말 좋은 생각인걸."

여름날의 하루가 저물어 가고 있었다. 어스름한 저녁 빛이 널따랗게 번져 가는 공원엔 우리말고는 아무도 없었다.

장미원을 벗어나 우리는 정자가 있는 곳으로 향했다. 물론 자그마한 사모바르와 함께였다.

남은 장미 꽃잎들이 사그라들고 있었다.

정자에 다다라서는 의자에 앉아 물이 끓기를 기다렸다. 피크닉 바구니에서 찻주전자와 찻잔 두 개도 꺼내 놓았다.

저멀리엔 무성한 숲들이 이어져 있었다. 정자의 바깥 언저리로는 잔디와 그것에 뒤섞인 잡초들이 융단처럼 펼쳐졌다.

순간 난데없이 나타난 풍뎅이가 정자로 날아드는가 싶더니, 윙 하는 날갯소리를 남기고 곧장 날아가 버렸다. 시궁쥐가 바라다보고 있는 곳의 끄트머리께 풀숲 위에서 풍뎅이는 몇 바퀴의 원을 그리며 날아다녔다.

태양은 숲 너머로 자취를 감추어 버렸다. 그래도 하늘은 여전히 푸르렀다.

부웅 하는 날갯소리가 멀리서 들려오는 듯한 느낌마저 들었다. 풍뎅이는 이제 어디서도 보이지 않았다. 시궁쥐는 마치 풍뎅이를 배웅하기라도 하려는 양 한참 동안 그곳을 응시하고 있었다.

"물이 다 끓은 것 같은데." 하고 내가 말했다.

"그렇네."

사모바르의 두 귀를 붙들어 테이블 위에 올려놓고, 그 위에 찻주전자를 얹었다.

"마치 머리 위에 찻주전자를 얹고 있는 것 같아."라고 시궁쥐가 말하였다.

그랬다, 사모바르는 정말 살아 있는 듯해 보였다.

"화를 내고 있는 것 같은데. 머리에서 수증기를 내뿜으면서 말야."라고 내가 말했다.

그리고 잔에 차를 따랐다.

먼먼 저편 어디쯤에서 다시금 증기기관차의 기적이 들려오는 것만 같았다.

"얘, 기적 소리가 들리는 것 같지 않아? 기관차를 보려면, 여기서부터 꼬박 하루를 걸어야 할 텐데. 들었지?"

"그래, 들은 것 같아."

나는 차를 한 모금 마셨다. 풀숲에서 벌레들이 울기 시작했다. 다시금 어스름한 빛이 우리를 살며시 감쌌다.

그때 숲과 숲 사이에서 브라스 밴드가 연주하는 왈츠가 한가로이 들려왔다.

"얀, 왈츠야."

"그러네, 저기 어느 집 뜨락에서 연습을 하고 있는 걸 거야, 분명해."

소박한 느낌의 왈츠는 그칠 줄 모르고 메들리처럼 계속해서 이어졌다.

"얀."

"왜?"

"생각해 보니까, 우리들의 귀는 역시 뭔가를 듣기 위해서 쫑긋이 세워져 있는 것 같아."

"그래, 그럴 거야. 그것도 아주아주 먼먼, 아득한 저편의 소리를 듣기 위해서 말이야. 속삭이듯 호소하는 작은 소리

들하며, 또 벌레들의 날갯짓 소리, 그리고 여름날 해질녘의

왈츠까지, 모두 다."

수난곡

그건 언제쯤의 일이었을까? 진흙탕 길. 진흙투성이의 발자국. 나무로 된 바닥. 그렇다, 북방하늘다람쥐의 오두막 문을 앞에 두고서, 나는 그 문지방 널빤지에다 내 더러워진 발을 문지르고 있었다. 나의 등은 봄볕을 담뿍 머금은 터였고, 늦은 봄날이었다.

똑똑. 나는 문을 두드렸다. 문은 약간 기울어 있었고, 그 기둥 틈새로 빛들이 앞다퉈 스며들고 있었다.

"누구?"라고 묻는 북방하늘다람쥐의 작은 목소리가 들려왔다.

"나야."

"아아, 큰고양이님이세요?"

"얀이야."

"역시 큰고양이님이로군요."라고 말하며, 북방하늘다람쥐는 삐걱거리는 문을 열고서 얼굴을 내밀었다.

"완연한 봄이야."

"그래요, 큰고양이님."

북방하늘다람쥐는 눈이 부신 듯 자꾸 깜작거리면서 봄볕에 동화되어 갔다.

"들어가도 돼?"

"그럼요."

마룻바닥에 내 발자국이 스탬프처럼 찍혔다.

"미안, 진흙 발이라서."

"아, 괜찮아요."

몇 걸음에 스탬프 자국은 옅어졌고, 나는 의자에 앉았다.

테이블 위에는 왠지 오래되었을 듯싶은 축음기가 놓여 있었다. 그리고 그 위엔 한 장의 음반이 올려져 있었다.

내 시선이 온통으로 축음기에 쏠려 있음을 알아차린 북방하늘다람쥐는 "빌린 거예요, 잠시."라고 말하였다.

"으응, 무얼 듣고 있는 거야?"

"그게, 이 한 장이 다예요."

북방하늘다람쥐는 약간 부끄러운 듯, 그러나 조금은 흡족한 어조로 답했다.

"이거?"

"그래요, 이 요한 수난곡. 하지만 첫 합창곡뿐이에요. 전체 곡은 이보다 훨씬 더 길게길게 이어진답니다. 그렇지만 내겐 이 음반 한 장이 다인걸요."

"으응, 혹시 이걸 빌려 준 이가 다음 곡들도 가지고 있지 않을까?"

"저기, 그런데 사람이 아니라 곰아저씨예요. 나이가 꽤 많아요. 그때도 가지고 있지 않다고, 이 한 장뿐이라고 했어요."

"그래?"

"저기, ……큰고양이님, 한번 들어 볼래요?"

"그래, 좋아."

북방하늘다람쥐는 바지런히 축음기의 손잡이를 돌리더니, 두 눈을 음반에 바짝 갖다 대고서 바늘을 조심스레 얹었다. 그러자 사냥감을 손에 넣은 듯 바늘이 사르륵사르륵 음반 위의 홈을 따라 돌았다.

이윽고 그 바늘 소리 사이사이로 드문드문 가라앉은 서

곡이 흘러나오기 시작하더니, 희미하게 코러스가 들려왔다.

　　주여, 우리의 통치자시여,

　　온 땅에 그 명성이 드높으신 분이시여!

　나는 오도카니 앉아서 바늘 끝을 응시하고 있는 북방하늘다람쥐의 눈망울이, 유리잔 가득히 담겨 있는 적포도주보다도 깊고 어두운 석류석 빛깔 같다고 생각했다.

　사르륵사르륵사르륵, 바늘은 마지막 홈을 덧그리며 돌고 있었다.

　북방하늘다람쥐는 돌연 숨을 길게 몰아서 내쉬며 바늘을 위로 들어올렸다.

　"그렇죠, 첫 합창곡뿐이지요?"

　"그러네."

　"그래도 좋지요? 실은 이보다 훨씬 더 길어요, 본래는."

　"그래, 그럴 테지."

　"큰고양이님은 혹여 알고 있나요? 어떤 선율로 이어질

까요? 어떤 곡일까요?"

"으응, 나도 모르지. 들어 본 적이 없으니까."

"저기, 고양이님, 차 한잔 마실래요?"

"그래."

북방하늘다람쥐는 찻주전자에 담긴 차를 찻잔에 따라 주었다. 차는 미지근했다.

"분명코 훌륭한 곡일 거예요, 첫부분이 이 정도이니 말예요. 아, 큰고양이님, 설탕을 조금 곁들일까요?"

"그래."

북방하늘다람쥐는 흰 종지에 각설탕 대여섯 개를 담아서 내왔다. 그리고 차를 한 모금 마시고는 "듣고 싶다."라고 나직이 읊조렸다.

나는 각설탕 두 개를 찻잔 속에 넣었다. 홍차가 식어 버린 탓인지, 아무리 저어도 잘 녹아들지 않았다.

"이어지는 곡 말이야?"

"그래요."

그렇게 저렇게 우리는 싱거운 수다를 마냥 즐기고 있었

다. 그러다가 아주 잠깐 우리의 대화가 끊겼을 때, 북방하늘다람쥐가 "저기, 큰고양이님, 다시 또 들어 볼까요?" 하고 내게 물었다.

"그래, 좋아."

조용한 서곡. 조금 불온한 음계. 그리고 또 그 코러스.

　　주여, 우리의 통치자시여,

　　온 땅에 그 명성이 드높으신 분이시여!

북방하늘다람쥐는 가느다란 바늘의 떨림을 물끄러미 응시하고 있었다.

　　당신의 수난을 통하여 우리에게 보여주소서!

　　진정한 하나님의 아들이신 당신께서

　　그 어느 때에나…….

나의 각설탕은 겨우겨우 녹아들어서 마치 침전물처럼

찻잔 바닥에 가라앉아 있었다.

빗방울의 흐름을 따라 흙먼지가 들러붙어 있는 창으로 부드러운 빛이 비껴들어, 그 빛살이 검은 음반에까지 이르러 있었다. 그리고 그 빛살 너머로 북방하늘다람쥐의 모습이 엷은 베일을 드리운 양 부옇게 일렁였다.

살며시 졸음이 밀려들었다.

"……듣고 싶다……."

"……어? ……아, 그래……."

"……큰……고양……님, 차……."

"……어? ……아, 그러네……."

그 무렵부터 나는 누군가를 만날라치면, 아니 문득문득 생각이 떠오를 때면 북방하늘다람쥐가 그토록 듣고 싶어 하던 수난곡의 음반을 혹여 소장하고 있지는 않는지, 아니 아니 애당초 그것을 소장하고 있을 리 만무한 이들이기에 어딘가 그 음반이 있을 만한 곳은 없는지를 묻고 다녔다.

먼저 가까이에 사는 시궁쥐는 "누가 재난을 당했다고요?" 하고서, 도리어 나에게 되물어 왔다.

"그야, 모름지기 예수 그리스도이시지."

"그럼 그리스도가 지은 곡이겠군요. 나야 알 리가 없죠."

도대체 이치에 맞지 않는 소리뿐이었다.

다음으로 그 하얗고 작은 심술꾸러기 고양이에게도 일단 물어보기는 했다. 어차피 별다른 수확이 없으리라는 걸 익히 알면서도 말이다.

잠자코 내 이야기를 끝까지 들어 주는구나 싶었는데, 예의 심술꾸러기 고양이는 "⋯⋯바흐? ⋯⋯바아보, ⋯⋯바보?" 하고 불쑥 내뱉고는 골목께로 사라져 버렸다.

이런 일을 몇 차례 되풀이하듯 겪고 나서, 음악에 대한 이해가 깊지 않은 이들에게 이러한 물음이 전혀 무의미하다는 걸 깨달은 나는, 이 부근에서 유일하게 피아노를 연주할 줄 안다는 고양이를 만나러 갔다.

문을 열자 말레비치 화풍의 털무늬를 지닌, 몸집은 작지만 약간 통통한 느낌을 주는 고양이가 나타났다. 그러니까 얼굴이 정확히 네 부분으로 나뉘어, 서로 다른 반대색에 가까운 털빛을 하고 있었던 것이다. 그런대로 꽤 세련된 모습이었다. 하지만 뭐랄까, 은근히 시건방진 태도 또한 엿보였다. 어차피 우리들에게 있어서 예술은 부수적인 존재에 지나지 않는다는 투였다.

그래도 일단 물어는 보았다.

그러자 "악보를 읽을 수 있으면?" 하고 말하는 것이었다. 그러고는 휙 돌아서더니 피아노 건반 위에 뛰어올라 걷기 시작했다. 체중이 실려 둔중하고, 배가 아플 것만 같은 소리를 냈다. 피아노 건반 앞에 놓인 악보를 슬몃 보자니, 쇼스…코…치, 피아노 소나타 1번이라는 글자가 눈에 들어왔다. 아무래도 이 곡을 연주하고 있는 듯했다.

건반 위를 이리저리로 뛰어다니는 모습을 지켜보고 있자니, 몹시 피곤했다. 나는 조용히 문을 닫고서 거리로 나왔다.

그러다가 여름이 찾아왔고, 수난곡도 차츰 잊혀져 갔다. 북방하늘다람쥐가 기거하고 있는 곳 언저리를 우연찮게 지나게 된 것도 때마침 그 무렵이었다. 잠깐 들러 볼 요량으로 문을 두드렸다.

"누구?"

"저기, 나야."

"아, 큰고양이님?"

"그래, 얀이야."

"역시 큰고양이님이로군요." 하고서, 북방하늘다람쥐가 얼굴을 내밀었다. 문의 경첩은 여전히 부서진 상태 그대로였다.

"열고 닫기가 힘들겠는걸."

"네, 그렇긴 해요."

미지근한 차. 두서없는 대화. 그리고 여름날의 해질녘. 게다가 또 하나, 예의 그 오래된 축음기.

"큰고양이님, 들어 보지 않을래요? 그 요한 수난곡의 첫
곡."

"그래, 좋아."

서곡. 오케스트라.

　주여, 우리의 통치자시여,

　온 땅에 그 명성이 드높으신 분이시여!

　…………

　그 어느 때에나, ……영광받으심을.

　사르륵, 사르륵, 사르륵, 사르륵…….

축음기 바늘을 응시하면서 북방하늘다람쥐가 말했다.

"있잖아요, 고양이님. 이 다음 곡에 관하여 이따금 상상
해 보고는 해요. 요즈음 들어서는 뭐랄까, 어쩌면 조금 알
것 같기도 하지요."

"흐음, 굉장한걸."

"그래도 역시 들어 보고 싶은걸요."

"어, 그래."

"더, 계속, 계속해서 이어져 있을 것 같아요, 본래는."

"그래, 그럴 거야."

나는 북방하늘다람쥐의 말을 반쯤 흘려들으면서, 여름날의 저물녘은 어쩐지 사랑스럽고, 상냥하다고 생각했다.

그것은 수난곡의 서곡이 암시하는 비극적 징조까지도 가만히 끌어안고서, 신앙고백을 전하는 합창을 다정한 미소로 지켜보고 있었다.

"……계속, 계속해서 이어져 있을……."

"……어? 이 저물녘이? ……."

"……듣고 싶어요……."

"……그래……."

마침내 짧은 여름이 끝나 버렸다.

가을은 온통으로 빗속에 잠겨들었다.

전신주의 고적한 행렬도, 길가에 선 자작나무 한 그루도, 모두모두 안개비 속에 갇혀 있었다.

하지만 그건 우리들도 매한가지.

노인들은 처마 아래나 지붕이 있는 발코니에 의자를 내놓고 앉아서 기도문을 읊조린다. 하나님의 아들의 고난을 되새기며, 자신들의 죄를 참회하는 것이다.

나는 비에 젖어 가며 그들에게 속삭인다. 진흙탕길이다.

── 우리에게 원래 죄 따윈 없답니다. 이상한 홀림수로 수천수만 가지의 죄를 지어내고, 또 그것을 자기 마음대로 홀로 짊어진 요술쟁이에게 속지 말아요,라고.

가을은 지나는 길목마다에서 집집의 문들을 두드리고, 한동안 그곳에 말없이 머물러 있기도 했다. 이윽고 건초를 실은 짐마차가 내 곁을 스치듯 지나갔고, 자작나무의 노란 잎 하나가 수레바퀴에 짓눌린 흔적만이 마치 화석처럼 남겨졌다.

차갑게 식어 버린 빵을 들고서 나도 북방하늘다람쥐의 오두막 문을 두드렸다.

"아 큰고양이님, 오랜만이에요."

"그러네."

우리는 수수한 테이블 앞에 앉아서 눅눅해진 빵을 조금씩 떼어 먹었다. 그런대로 나름의 맛이 있었다.

그리고 나는 금세 알아차릴 수가 있었다. 테이블 위에 축음기가 놓여 있지 않다는 것을.

이미 돌려준 건가 하고 혼잣속으로 중얼거리고 있으려니, "고양이님, 들어 볼까요?"라고 북방하늘다람쥐가 물었다.

"어, 그 곡?"

"그래요, 그거."

북방하늘다람쥐는 방 한구석에서 다소 무게가 느껴지는 축음기를 붙안고 나왔다. 기쁜 표정이었다.

다시금 예의 그 곡이 흘러나왔다. 서곡과 합창.

주여, 우리의 통치자시여!

밖은 여전했다. 나는 창 너머의, 안개비가 하얗게 내리는 세계를 응시하고 있었다. 회색빛 하늘 언저리에 나 있는 가느다란 실금과 길가의 자작나무도 눈에 들어왔다.

텅 빈 짐마차가 소리도 없이 지나갔다. 노란 잎은 또다시 저 수레바퀴에 짓눌리고 말 터였다.

당신의 수난을 통하여⋯⋯

그 어느 때에나, ⋯⋯영광받으심을.

쏴아아쏴아아쏴아아. 북방하늘다람쥐의 오두막 안에도 비가 내렸다.

"고양이님, 한 번 더 들을래요?"

"그래, 좋아."

그렇게 한참이 지나서 어두워진 밤거리를 비에 젖은 채로, 아무 생각도 하지 않고 나의 오두막으로 향하였다.

12월, 나는 북방하늘다람쥐의 오두막을 향하여 난 눈길을 묵묵히 걷고 있었다. 구름이 무겁게 내려앉아 있긴 하였으나, 당장에 눈이 내리지는 않을 것이라고 생각했다. 발바닥이 무척이나 시렸다. 귀도, 꼬리의 끝부분도 얼어붙어 버릴 것만 같았다. 하얗게 내뿜는 입김만이 내가 살아 있음을 알려주는 유일한 징조일 터였다.

똑똑.

"누구?"

"나야, 얀."

"아아, 큰고양이님."

삐걱거리며 얼어붙어 있던 문이 열렸다.

문턱께에 쌓인 눈과 함께 나는 휘몰리듯 빨려 들어갔다.

정말이지 따뜻했다. 작은 페치카는 뜨거운 열기로 나를 맞아 주었다.

"저기 있잖아, 아주아주 좋은 소식이 있어."

나는 선 채로 말했다.

"무슨 소식요?"

북방하늘다람쥐도 선 채로 물었다.

"저기 말이야, 콘서트가 열린대."

"무슨?"

"그래, 마을 교회에서."

"무슨?"

"요한 수난곡. 마을에 포스터가 나붙어 있던걸."

"고양이님, 그게 정말인가요?"

"그래, 그렇다니까. 크리스마스 전전전날이야."

"큰고양이님, 차 한잔 마실래요?"

"그래, 물론이지."

미지근한 차를 마시면서, 우리는 콘서트 이야기를 계속해 나갔다.

"하지만 정말, 정말로 할까요, 큰고양이님? 이런 곳에서 콘서트라니오."

"그래, 정말이야. 마을 외곽의 교회에서 할 거라고 씌어 있던걸."

"그런데 큰고양이님, 거기는 정교회인걸요."

"그래, 그러니까 미사가 아니라 콘서트만 하는 거겠지. 게다가 어쨌든 여느 교회들도 요 근래에 들어선 문들을 닫고 있었잖아."

"그럼, 정말로 하는 거로군요."

"그래."

"아이 좋아라. 자못 기대가 되는데요, 큰고양이님."

"매일같이 듣노라니, 어쩐지 다음 곡들도 알 것만 같아지더라니까요. 혹여 이런 느낌의 곡은 아닐까 싶었답니다. 그런데 정말로 들을 수가 있게 되었네요."

그러고도 북방하늘다람쥐는 "아이 좋아라." "자못 기대가 되는데."라는 말을 한 열 번가량은 번갈아 가며 되풀이했다.

차는 식어 버린 지 오래였으나, 페치카의 불은 그칠 줄 모르고 타오르고 있었다.

"아이 좋아라."와 "자못 기대가 되는데."를 다시 또 열 번가량 들은 후에야 나는 북방하늘다람쥐의 오두막을 나섰다. 물론 그 사이 수난곡 음반에도 거의 같은 횟수의 바늘이 얹혔을 것이다.

아마 내가 사라진 후에도 북방하늘다람쥐는 그 검은 두 눈망울을 음반에 바짝 갖다 대고서 바늘을 조심스레 얹고, 또 얹고 하였으리라.

어제저녁엔 눈보라가 드세차게 휘몰아쳤다.

그러던 눈보라가 조금씩 잦아들기 시작한 것은 한낮이 지나고부터였다. 그리고 지금, 사위는 이미 어둠이다. 콘서트에 함께 가기로 북방하늘다람쥐와 약속을 한 터였기에, 눈보라에 휘몰리다 떨어져 나온 갈 곳 없는 눈송이들이 나풀니풀 흩날리는 어두운 길을 나는 하얀 눈빛에 의지하여 걸어갔다.

길가에 외로이 서 있는 한 그루 자작나무는 언제나처럼 안표(眼標)가 되어 주었다. 그리고 북방하늘다람쥐의 오두막 창에서 새어나오는 오렌지색 불빛이 길을 비추고 있었다.

나는 조금 마음이 놓여서, 그 불빛 가운데 잠시 동안 서 있었다.

똑, 똑, 똑.

똑, 똑, 똑.

똑, 똑, 똑.

썰렁한 눈길로 소리가 멀어져 갔다.

똑, 똑, 똑.

똑, 똑, 똑.

길과 연이어 있는 설원으로 소리가 금세 사라져 버렸다.

똑, 똑.

"……님."

문에 귀를 기울였다.

"……열려 있……으니까, ……안으로……들어……."

나는 삐걱거리는 문을 밀었다.

"아니, 어디 있는 거야?"

"……여기……, 큰고양이님……."

의자, 테이블, 몇 안 되는 그릇들, 주전자, ……어디에도
보이지 않았다.

"……이쪽……이에요, ……고양이님……."

이번에는 어둑한 방 한구석에서였다.

방의 어두운 구석 쪽에서.

"아니, 무슨 일이야?"

"……저기, 감기에 걸린 것 같아요……."

북방하늘다람쥐는 무거워 보이는 담요에 감싸인 채 머리만 내밀고 있었다.

　　"이런, 괜찮아? 열은 없는 거야?"

　　"없는 것 같기는 한데, ……그래도 몸이 조금 으슬으슬하긴 해요……."

　　"그래, 힘들겠구나."

　　"……음, 힘들긴 한데, 그래도 괜찮아요. 열이 나서 한바탕 땀을 흘리고 나면 나을 거예요. 항상 그래 왔답니다."

　　"그럼, 뜨거운 차라도 한잔 내올까?"

　　내가 물었다.

　　"좋아요. 하지만 곧 콘서트가 시작될 테니, 고양이님이라도 들으러 가야죠. 난 괜찮으니까, 이렇게 담요를 두르고 있으면 되니까……."

　　"뜨거운 걸 마시든지 먹든지 하지 않으면 좀처럼 낫지 않을 거야. 그러니까 당분간 내가 여기 있도록 할게."

　　"……하지만 고양이님, 그렇게 해주겠다니 기쁘긴 한데, 그래도 콘서트에 가는 편이 좋을 듯해요. 가서 듣고 나중에 어땠는지 내게 알려주었으면 해요. 그러는 편이 난 더 좋답니다. 정말 가벼운 감기이니까 괜찮아요."

이런 실랑이가 몇 차례 이어졌으나, 결국에 가서는 나 혼자서만 연주회에 가게 되었다.

마을 외곽의 작은 목조 교회에 다다른 것은, 연주가 시작되기 불과 몇 분 전이었다. 외벽에는 손으로 쓴 듯한 포스터 한 장이 붙어 있었다.

요한 복음서에 바탕을 둔 수난곡

작곡 요한 제바스티안 바흐

잉고 자지-지휘   교향커-합주단, 합창

청중을 위하여 마련된 긴의자는 마을 사람들과 농민들로 메워져 있었다. 물론 어쩌다가 서 있는 이들도 있었으나, 나름대로 성황을 이루었다. 이 언저리에서 이만한 행사가 열리기란 좀처럼 드문 일이었으므로, 당연하다고 하면 당연한 것일 터였다.

그렇다면 동물들은 얼마나 왔으려나 싶어서 찬찬히 살펴보니, 놀랍게도 예의 그 말레비치 화풍의 털무늬를 지닌 고양이가 맨 앞줄에 얌전히 앉아 있었다. 뒤에서 보니, 머리 쪽의 털빛은 좌우 두 갈래로 반듯이 나뉘어 있었다. 그러니까 검은빛과 흰빛으로. 그밖에 또 다른 누군가가 있지 않을까 해서 둘러보자니, 인근에 사는 시궁쥐 같아 보이는 뒷모습이 사람들 틈바구니에 끼어 앉아 있었다. 음악에 대한 남다른 관심이 있어서는 아닐 테고, 말하자면 그만큼 한가한 까닭일 것이다.

나는 입구께에 세워져 있는 기둥에 기대서서 사람이 걸음이라도 옮길라치면 삐꺽삐꺽 비명을 발하는 마룻장 소리를 듣거나, 정면 안쪽의 소박한 제단이며 여러 장의 이콘(성상화)이 걸려 있는 이코노스타시스(성화벽, 성화병풍)를 그저 그렇게 바라다보고 있었다.

이윽고 손에 악기를 든 연주자와 합창단, 그리고 여섯 명의 독창자가 조용히 모습을 드러냈다. 마지막으로 한쪽 발을 약간 끌 듯이 걸어나온, 완고해 보이는 노인이 지휘 자인 모양이었다.

그 지휘자가 우리를 향하여 가볍게 인사를 했다. 그리고 한순간 뭔가 갸륵히 여기는 듯한 표정을 짓고 나서 뒤돌아 시원스레 지휘봉을 흔들었다.

그랬다, 너무도 싱겁게 수난곡의 서곡이 울려퍼졌다. 북 방하늘다람쥐의 오두막에서 수없이 들었던 저 첫부분의 불온한, 가슴 설레는 합주다. 다만 한 가지, 차이가 있다면 지지직거리는 바늘 소리가 들리지 않는다는 것 정도랄까. 음의 크기며 울림 따윈 그다지 중요한 문제가 아니었다.

주여, 우리의 통치자시여,

온 땅에 그 명성이 드높으신 분이시여!

나는 촛불의 그을음이 까맣게 낀 천장을 올려다보았다.

당신의 수난을 통하여 우리에게 보여주소서.

어둠 속에서 드러나 보이는 금빛 성상화들. 무수한 촛대들에서 이리저리로 일렁이는 촛불들. 청중들의 뒷모습. 열심히 노래하는 합창단. 정성스레 지휘봉을 흔드는 지휘자. 두 볼을 잔뜩 부풀린 오보에 연주자. 이따금 오묘한 소리를 내는 플루트.

제1곡의 합창이 끝났다. 이윽고 내게 있어서도, 그리고 물론 북방하늘다람쥐에게 있어서도 미지의 음악이 시작되었다.

복음사가의 레치타티보.

합 창

나사렛 예수!

예 수

내가 그니라.

나사렛 예수! 나사렛 예수!

담담히 수난의 이야기가 펼쳐졌다. 기타 반주로 베이스가 노래를 했다.

가시나무에서 하늘열쇠꽃이 네게 피어나 그를 찌르는지,

그의 쑥에서 달콤한 열매를 거둘 수 있으니

전아한 테너의 아리아도 이어졌다.

우리의 죄의 물결이 소용돌이친 후

하느님의 은혜의 표징, 가장 아름다운 무지개가 서도다.

나는 청중과 연주자들을 무심히 바라다보다가, 이콘(성상화)이 걸려 있는 성화벽을 훑어보다가 했다. 그러다가 눈길을 옮겨 천장을 올려다보니 소박한 샹들리에에서도 촛불이 일렁이고 있었다.

수난곡은 계속해서 이어졌다.

이윽고 한 사람의 죽음과 더불어 집단 히스테리의 이야기도 끝이 났다.

지휘를 멈춘 노인은, 이쪽을 돌아다보지도 않은 채 무거운 발걸음을 옮겨 사라져 버렸다. 합주단이며 합창과 독창을 했던 이들도 말없이 우르르 몰려가 버렸다. 청중들도 왁자히 자리에서 일어났다. 나 또한 맨 먼저 밖으로 나왔다.

내뿜는 숨결이 얼 때마다 쏟아져 내릴 듯한 별들도 한껏 빛을 발하였다. 내가 눈을 깜박일 때마다 별들도 덩달아 반짝였다 사라졌다 했다. 마치 별의 호흡 같았다.

별의 마음이 내 마음에 와닿았다.

너는 우주의 작고작은 존재에 지나지 않지만, 그럼에도 불구하고 또한 그 전부라고 속삭이는 듯도 했다.

나는 교회를 뒤로 하고 터벅터벅 걸었다. 얼어붙은 눈길 위에 살포시 내려앉은 가랑눈이 보드라운 쿠션처럼 느껴졌다. 한참을 그렇게 걷자니 내 눈도 어둠에 얼마쯤 익숙해져 갔다.

어둠 저편에 잠긴 깊다란 숲 그림자.

불현듯이 울려퍼지는 수난곡의 서곡.

나는 엉겁결에 멈추어 섰다.

소리가 멎고, 주위는 고요하기 그지없다.

다시금 터벅터벅 걸어나갔다. 등뒤에서 썰매를 끄는 듯한 말발굽 소리가 또각또각 다가오는가 싶더니, 순식간에 내 곁을 스쳐 멀어져 갔다. 나는 말발굽과 썰매에 짓눌린 가랑눈 위를 따라 걸었다. 얼마 안 있어 숲 가까이에 이르렀다. 굵다란 전나무 가지들이 가볍게 술렁이기 시작하자 눈이 춤추듯 나부꼈다.

나는 멈춰 서서 눈을 털어냈다.

숲속에서 또다시 수난곡의 서곡이 흘러나왔다.

나는 길게 늘어선 전나무 줄기들의 검은 실루엣 너머로 성상화를 찾고 있었다.

올려다보니 우듬지들이 맞닿아 있는 아득한 저편에 검은빛이 도는 천장 같은 것이 보였다. 촛불은 겨울 별들로 다시금 태어나고, 그 별들은 금세 소박한 샹들리에처럼 조심스럽게 빛나고 있었다.

나는 숲길을 헤쳐 나아갔다. 숲을 빠져나가자 눈앞에 광대한 설원이 펼쳐졌다.

밤하늘을 가득 메운 별들이 일제히 수다스럽게 소곤거리기 시작했다. 나는 아랑곳하지 않고 계속해서 나아갔다. 왜냐하면 별은 별이니까. 그때 별 하나가 커다란 호를 그리며 하늘에서 미끄러지듯 떨어져 내렸다. 지평에 떨어진 별은 다시 떠오르지 않았다.

길은 설원에 섞여들고 말았다. 하는 수 없이 나는 썰매가 남긴 희미한 자취를 좇아가야 했다. 들리는 것이라곤 내 심장이 고동치는 소리뿐이었다. 그리고, ……너는 우주의 작고작은 존재에 지나지 않지만, 그럼에도 불구하고 또한 그 전부라고 속삭이는 별들의 소곤거림이 있었다.

또 하나의 별이 커다란 호를 그리며 지평으로 떨어져 내렸다. 그것이 떨어진 언저리에 눈보라가 일라치면, 검푸른 인디고 잉크 빛깔이 옅게 번져 가는 것이 할 말마저도 잊게 했다.

아침놀이 지평선께를 물들이기 시작했다.

바라다보이는 지평은 온통으로 엷은 장밋빛이었다. 장대한 아침을 알리는 빛이었다. 길가에 선 여린 자작나무도 줄기의 반쯤이 장밋빛으로 물들어 있었다.

똑, 똑. 나는 문을 두드렸다. 어렴풋이 내 그림자가 문에 어른거렸다. 북방하늘다람쥐의 오두막도 장밋빛으로 물들어 가고 있었다.

똑, 똑, 똑. 분명히 잠들어 있을 터였다. 그렇더라도 문을 두드렸다. 똑, 똑. 똑, 똑, 똑.

"……누구?"

"저기, 나야."

"아, 큰고양이님."

"그래, 얀이야."

삐걱이며 가까스로 문이 열리더니, 빛바랜 담요를 둘러쓴 북방하늘다람쥐가 얼굴을 내밀었다.

"안녕하세요, 고양이님. 오늘은 퍽 일찍 일어났나 봐요."

"그래, 어제부터 계속해서 여기저기 돌아다니게 되네. 일어나니 좀 어때? 열은 내린 거야?"

"네, 이젠 괜찮아요."

"다행이네."

"그러게 말이에요."

북방하늘다람쥐는 물을 끓였고, 나는 페치카 가까이에 서서 몸을 녹였다.

둘이서 말없이 차를 한잔 마시고 났을 때, "콘서트는 좋았어요?" 하고 북방하늘다람쥐가 물어왔다.

"그래, 그럭저럭."이라고 나는 답하였다.

"그 곡 다음은 어땠나요?"

"음, 여러 가지 아리아며 ……기타 반주, ……그리고 또 ……."

나는 한바탕 설명을 늘어놓긴 하였으나, 음악을 말로 표현한다는 것은 도저히 불가능한 일이었다.

"그런데 말이야……."

마지막에 이르러서 나는 이 한마디를 덧붙이지 않을 수 없었다.

"그 처음 곡이, 이따금 어딘가에서 들려오곤 해. 깊은 숲 속이라든가, 우거진 나무숲 같은 데서. 다른 곡들은 결국 잊어버린 모양이야."

"그래요, 축음기로 들어서 그러는 걸까요?"

북방하늘다람쥐가 말하였다.

"그렇겠지, 아마도."

문을 열자, 설원에 태양이 솟아올라 있었다. 나의 길다란 그림자가 길을 나섰다. 얼마쯤 걷다가 외로이 홀로 서 있는 자작나무를 돌아다보았다. 그리고 북방하늘다람쥐의 오두막도. 아무것도 없는 설원엔 한 가닥의 눈길만이 나 있었다.

나는 다시금 내 그림자와 함께 나아갔다. 길은 완만한 모양새의 커다란 호를 그리고 있는 듯했다. 끝없이 이어지는 설원에 반사된 햇빛이 반득였다. 내 그림자는 파리하게 얼어 있었다. 자작나무가 하나의 성냥개비로, 북방하늘다람쥐의 오두막이 마치 성냥갑 같아 보였다.

"네가 상상해 버릇하는 그 곡이, 어쩌면 진짜 수난곡보다 훨씬 더 감동적일는지도 모르겠어, 그런 생각이 들어……."

"설마 그럴 리가요, 고양이님."

"아냐, 분명코 그래."

"그래요?"

"그렇다니까!"

북방하늘다람쥐의 오두막은 콩알보다도 작아 보였다.

전신주가 기울어져 있었다.

전신주의 행렬은 비뚤비뚤, 여기서부터 거리까지 이어질 것이다. 밝기를 더한 하늘에는 구름 한 점 없다.

북방하늘다람쥐의 오두막을 나서고부터 그 서곡은 어디에서도 더는 들려오지 않았다.

사육제를 앞두고서 인간들은 벌써부터 들떠 요란스러
웠다. 아이들은 환한 빛살이 쏟아져 내리는 눈길에서 썰매
타기에 흠뻑 빠져 있었다. 봄은 분명코 다가오고 있을 테
지만, 우리들에겐 아직은 먼 훗날의 일처럼 여겨졌다. 그러
니까, 이를테면 북방하늘다람쥐의 오두막 언저리에 서 있
는 어린 자작나무만 하더라도 그 검은 가지 끝이 여태까지
언 채로 잠들어 있으니 말이다.

힘없이 서 있는 자작나무와 북방하늘다람쥐의 오두막.
여전한 한 가닥의 눈길. 그리고 드넓은 설원.

"블리니*가 먹고 싶어지네요."
오도독, 오도독, 해바라기씨를 깨물어 먹으면서 북방하

*블리니
　러시아식 팬케이크. 버터, 사워크림, 캐비어 또는 훈제 연어 등을 곁들
여 먹는다.

늘다람쥐가 말하였다.

"그러네."

"구스베리잼을 올려서 먹는 거예요. 아주 듬뿍."

"그래, 좋아. 버터를 발라 먹을 수도 있고 말이지."

나도 맞장구를 치며 해바라기씨를 깨물었다.

우리들의 테이블에 원 모양으로 얇게 구운 블리니가 켜켜이 쌓아올려져 있는 듯한, ……그런 기분이었다.

"하지만 밀가루도, 우유도, 달걀도, 아무것도 없으니……." 라고 말하며, 북방하늘다람쥐는 해바라기씨 하나를 입에 문 채 좀처럼 깨물어 먹지를 않았다.

"그러네."라고 나도 응수했다.

그로부터 한참이 지나서였다.

"아아, 하마터면 아주 중요한 걸 잊어버릴 뻔했네요. 큰 고양이님, 또 다른 수난곡을 연주한다고 해요, 교회에서. 마태복음서에 기초한 수난곡이라고 하던걸요. 부활절 즈음해서 할 거래요."

북방하늘다람쥐는 기쁨에 찬 목소리로 말하였다.

"흐음, 잘됐네. 그런데……."

"그런데, ……무슨 일이에요, 고양이님?"

"그래, 이번에는 열이 나지 않도록 몸조심해야 해."

"그래요, 정말 그래야죠."

북방하늘다람쥐는 무척이나 진지한 눈빛으로 해바라기
씨를 응시하고 있었다.

"고양이님."

"뭔데?"

"부활절이 오면, 이번에야말로 진짜 봄인 거지요."

"그렇지."

세 노인과 세 마리의 고양이

이 이야기는 다른 고양이에게서 들은 것으로, 내가 직접 보았다거나 경험했던 바는 아니다.

늘 셋이서 함께 외출하는 노인들이 있었다. 살고 있는 집은 제각기 다른 모양이었으나, 어찌된 까닭인지 밖으로 나갈 때만은 타이밍이 정확히 맞아떨어져서는 대개의 경우 둘 혹은 셋이서 합류하게 되고는 했다. 서로 전화나 전보, 물론 손편지 따위로 연락을 주고받는 흔적이 엿보이지도 않았다. 텔레파시를 고려하더라도, 설령 그러한 능력이 있었다손 치더라도 이제는 어지간히 늙은 나이이므로 그 기능 또한 쇠하였을 것이다. 여하튼 늘 셋이서 밖으로 나간다.

합류한 세 사람의 모습을 그려 보자면, 꽤 수수한 차림새이다. 오래도록 입어서 어쩐지 낡은 듯한 갈색이나 검은색이 아니면 차콜그레이 색상의 외투에 허름한 모자, 한 사람은 지팡이, 한 사람은 손잡이가 기다란 장우산, 그리고 또 한 사람은 제대로 말려서 표면이 반들반들한 나뭇가지를 쥐고서 걷고 있다.

구두창은 벌써 오래전에 닳아빠져 여태까지 몇 번이고 갈아댄 모양새이다. 그 정도로 바지런히 돌아다니고 있다는 증거이리라. 아, 게다가 해어져서 상당 부분이 닳아 있는 소맷부리하며, 그런 흰색 셔츠를 세 사람 모두 단정하게 옷깃까지 단추를 채워 여몄다. 넥타이는 매지 않았다.

바지는? 모두들 무슨 줄무늬인지 도무지 알 수 없는 무늬가 들어가 있는 잿빛이다. 그리고 잊어버릴 뻔한 것이 있는데, 다름아닌 커다란 가죽가방을 들고 다닌다는 것이다. 모두가 들고 다닐 때도 있지만 둘이서, 아니면 혼자만 들고 다닐 때도 더러 있었다. 여행을 가는 것도 아니면서, 어째서 저리도 커다란 가방을 가지고 다니는 걸까를 나중에야 알게 되었다.

이렇게 하고서 세 노인이 거리로 나선다. 그러면 그 뒤쪽으로, 적당한 거리를 유지하면서 세 마리의 고양이가 뒤따른다. 얼굴에 어룽어룽한 무늬가 있는 녀석과 검은 고양이, 또 한 마리는 나와 같은 무늬를 지녔으나 얼굴에 갈색 반점이 있는 탓에 나만큼 세련되어 보이지 않는데다가 나보다 훨씬 작다. 그 각각의 고양이들이, 그 각각의 노인들과 더불어 살고 있는 모양이었다. 어떤 고양이가 어느 누구랑?

그것은 크게 문제가 되지 않는다. 여하튼 세 노인과 이 세 마리의 고양이가 행동을 같이한다는 것이다.

이를테면 어제의 이야기이기는 하지만, 세 노인은 지하철을 갈아타 가면서 이 나라의 국민의회 의사당 부근에서 지상으로 나왔다. 그러더니 의사당의 문께를 향하여, 무슨 액체가 담겨 있는 유리병을 그 담장 너머로 차례차례 내던지면서 걸어나갔다. 어디에 숨기고 있었던 것일까? 물론 커다란 가죽가방 안이다. 병이 깨지는 소리가 사방으로 울려 퍼졌다.

다음은 문을 향하여 내던졌다. 쨍그랑, 피슈우. 흘러나오는 투명한 액체로 인해 주변 일대가 삽시간에 알코올 냄새로 진동했다. 뭐랄까, 지독한 술냄새 같은 것이 물씬 풍겼다. 어쩌면 보드카라든가 우조, 아니면 압생트 같은.

노인들은 마치 화염병을 다루듯하며 차례차례 저멀리로 냅다 내던지기 시작했다. 물론 이 병에 천조각이라도 쑤셔넣어서 불을 붙인다면, 강렬한 몰로토프 칵테일(화염병)이 되었을 터이다. 하지만 품행이 방정한, 바른 생활의 노인들은 그와 같은 야비한 행동을 일삼지는 않았다. 손이 떨려서 그 불이 자기 자신에게 옮겨붙기라도 한다면 큰일이 아닐 수 없기 때문이다. 사실은 한 노인의 한쪽 손 일부에 화상 자국이 남아 있기도 했다.

그러는 사이에 마침내 경비원들과 경관들이 다급히 달려왔다. 아나키스트다, 테러리스트다 하고 소리치면서. 그러나 이 어리석은 파수꾼들이 마주하고 있는 이들은 혁명적인 급진주의 단체도, 첨예한 갈등을 빚고 있는 반정부주의자들의 행동대도 아니었다. 그저 수수하고 검소한 세 노인들과 세 마리 고양이들이 있을 뿐이었다. 파수꾼들은 미운털이 박힌 아나키스트를 찾아내려고 우왕좌왕했다. 자신들이 만들어 낸 환상의 적을 쫓고 있는 모양새였다. 그렇지만 어디서도 찾을 수가 없었다. 다만 파수꾼 하나가 오른쪽 끄트머리에 선 노인이 움켜쥐고 있는 술병에서 시선을 떼지 못하였을 뿐이다. 어쩐지 수상쩍기 그지없다. 파수꾼들이 세 노인들에게로 다가가려던 찰나였다.

순간, 오른쪽 끄트머리에 서 있던 노인이 예의 술병을 권력의 개들에게 힘껏 내던졌다. 공중에 비산하는 알코올 용액과 더불어 술냄새가 진동했다. 날카롭게 부서진 유리병 조각들이 길 위에 흩뿌려졌다. 한순간 겁에 질려 있던 파수꾼들이 가까스로 사냥감을 찾아냈다. 경관들이 경봉을 휘두르면서 노인들을 추격하기 시작했다.

그런데 이 노인들의 빠름새라니! 절대로 정신없이 허둥지둥 달아나는 그런 모습이 아니었다. 사샤샥, 가붓하고 규칙적인 걸음걸이에, 가방을 붙안을 것도 없이 손에 든 채로 사샤샥이었다. 상체를 일으켜 세우고서, 앞으로 상반신을 구부리려 드는 기색조차 없이 바람처럼 내달렸던 것이다. 세 마리 고양이들은 말할 것 없이 이때도 네발짐승의 발 빠른 면모를 유감없이 보여주었다.

그러면 이 세 마리 고양이들은 어떠한 역할을 수행하였던 것일까? 바로 후방 지원이었다. 커다란 가방에서 술병을 꺼내어, 노인들에게 능숙히 전달하는 일이었던 것이다. 이 일말고는 달리 이렇다 할 정도의 특별한 것은 없었다. 나머지는 그저 지켜보는 수밖에. 물론 짝짝짝 하고 박수를 보내거나, 브라보 브라보 하며 큰 소리로 외치는 일 따위도 없이 쿨한 표정으로 노인들의 행동과 그에 따른 결과를 다만 지켜볼 뿐이었다. 그렇더라도 탁월한 공범자였다. 아니, 공범자란 권력적인 언어이다. 세 노인들과 세 마리 고양이들에게 있어서 이 일은 범죄행위가 아니었으므로 이러한 표현은 삭제되어야 할 것이다. 범죄행위는 아니라니? 물론이다. 이 일은 노인들의 하루 일과인 셈이다. 이를테면 아침나절의 라디오 체조 같은 것이거나, 개를 동반한 공원에서의 산책 같은 것이거나, 단골 카페에서 마시는 한잔의 차나 코코아 같은 것이랄까. 그러니까 노인들의 소소한 즐거움 가운데 하나일 뿐이었다.

그러한 까닭으로 세 노인과 세 마리 고양이는 지체 없이 현장을 벗어났다.

그래서 오늘도? 물론이고말고. 왜냐하면 하루 일과이거든. 예상했던 대로 둘, 혹은 셋이서 합류한다. 뒤따르는 것은 세 마리 고양이. 아니, 고양이들의 표현대로라면 뒤따르는 것이 아니라, 어디까지나 자주적으로 행동을 같이하고 있는 것일 테다.

그래서 오늘은 어디로? "정해져 있잖아, 은행이야!" 하고 검은 고양이가 대답했다.

지하철을 갈아타고, 또 갈아타고서야 지상으로 나왔다. 이 나라의 음험한 금융가이다. 대대로 이어져 내려온, 명성이 자자한 재벌은행 본점의 다소 위압적인 현관에서 시가전이 시작된다. 훅하고 술냄새가 코를 찔렀다. 대리석 기둥에 술병이 작렬한다. 한 노인이 수류탄을 내던진다. 수류탄? 작은 맥주병이었다. 비산하는 거품들. 어지러이 흩어지는 녹색이나 갈색의, 또는 투명한 유리조각들. 그럼에도 얼굴에 반점이 있는 고양이는 그것들이 참으로 곱다는 생각을 했다.

경비원이 득달같이 달려왔다. 노인들은 여전히 그것들을 내던지고 있었다. 아슬아슬할 때까지 맞서 승부하는 것, 이 또한 즐거움 가운데 하나가 아니겠는가. 좋아, 이제 슬슬 빠져나갈 때이다. 질주하는 시니어 그룹. 그리고 최후의 한 발.

경찰관이 당도하였을 즈음 세 노인은 몇 블록 앞의 카페에서 유유히 코코아를 마시고 있었다. 그런데 세 마리 고양이들은 아직 그 현장인 은행 앞에 머물러 있었다. 도망치지 못한 거냐고? 말 같잖은 소리 말라고 얼굴에 어룽어룽한 무늬가 있는 고양이가 말했다. 노인의 최후의 한 발이 현관 옆의 하루 종일 햇빛이 들지 않는 차가운 돌계단에 떨어졌던 것이다. 게다가 그곳은 집을 갖지 않은, 아니 가지지 못한, 노동 의욕을 잃은, 누더기를 걸친 한 남자의 삶의 터전이기도 했다. 세 마리 고양이들은 산산이 부서진 병 조각들을 치우고, 수위에게서 빌린 자루걸레로 강렬한 알코올을 닦아내는 중이었다.

기특한 고양이들이라고 수위는 말하였다. 누구 하나 이

고양이들이 공범자(또 써 버렸다)라는 걸 눈치채지 못했다.

"좀더 제대로 던질 순 없는 걸까나." 하고 검은 고양이가 중얼거렸다.

"이런 거지 뭐."라고 반점이 있는 고양이가 응수했다.

뒤처리가 끝나자, 세 마리 고양이들은 아무 말 없이 가만히 현장을 떠나갔다. 노인들의 아지트 따윈 금방 알아낼 수가 있었다. 일을 마치면, 언제나처럼 현장에서 적당히 떨어져 있는 카페에서 코코아를 마시니까 말이다.

그러면 이로써 오늘 하루의 소소한 즐거움은 끝난 것이느냐고? 아니, 전혀 그렇지가 않다. 다음에 세 노인들은 술집으로 향한다. 보급기지인 셈이다. 이윽고 가방을 빵빵하게 채운 세 노인들이 차례차례 술집 문을 열고서 밖으로 나온다. 무표정한 얼굴로.

이어서 지하철을 갈아탄 무리들이 나타난 장소는, 이 나라의 상징적인 국왕이 거처하고 있는 성이었다. 정치적 권력을 가지지는 않았으나, 국민의 정신적 자유를 빼앗고 있는 존재였다. 이는 어떤 의미에서 실제적 권력보다도 몇 배

나 더 두려운 그 무엇인 것이다.

그냥 이 성은 휑뎅그렁했다. 그 부지는 돌로 쌓은 담으로 빙 둘러져 있었다.

그렇기에 노인들과 고양이들이 할 수 있는 일이라고 한다면, 담장 안으로 병을 집어던져서 잔디밭에 조금씩 조금씩 술냄새가 스며들게 하는 것 정도였다.

이미 주위의 10분의 1가량은 술냄새에 찌들어 있었다. 다만 사건이 표면화되지 않았을 뿐이다. 왕실의 수치일 테니까. 술냄새 풍기는 왕궁의 정원이라니, 역시나 국가적 치욕이 아닐 수 없을 터이다.

노인들은 인기척이 느껴지지 않으면 일제히 병을 집어던졌다. 그리고 담장을 따라서 소리 없이 이동했다. 다시 투척. 이동, 투척. 이동, ······. 검은 고양이가 담장에 뛰어올라 목표한 곳에 정확히 적중했는지를 확인한다. 경찰관이 당도할 무렵이면 이미 사람들도, 고양이들도 사라지고 없다.

이렇게 해서 노인들의 소소한 하루 일과는 끝이 난다.

물론 일과이므로 그 이튿날에도 계속될 테고, 매일매일이 그렇게 이어질 것이다. 표적은 무한에 가까웠다. 이를테면 이 나라의 군사시설이며 원자력발전소, 댐, 정부 건물……. 멀리 원정을 가기도 한다. 투척 여행인 것이다.

수개월 전에 이 이야기를 들려준 고양이를 길에서 우연히 만났다.

"그러고 보니 그 세 노인들과 세 마리 고양이 친구들은 아직도 그 일을 하고 있다니?"라고 나는 물었다.

"어? 아아, 그 친구들 말이야. 그 친구들, 지금은 하고 있지 않아."

"흐음, 하루 일과였다잖았어?"

"그랬지, 그랬는데 한 노인이 죽어 버리는 바람에 그만."

"그런 일이 있었구나."

"그래, 그래서 그만두게 되었다나 봐. 일과라는 게 그런 거지 뭐."

"흐음, 그럼 그 세 마리 고양이들은?"

"그러니까, 그 죽은 노인과 함께 살았던 녀석은 '노라'라고, 즉 '들'이라는 뜻의 이름자를 지녔었지. 언젠가 길에서 한번 마주친 적이 있는데, 그 일로 인해 진짜 무정부주의자가 될 수 있었던 거라며 한껏 멋부려 말하던걸."

"그렇군, 다른 둘은?"

"여전해. 각각의 노인들과 함께 살고 있어. 소소한 일과가 사라져 버려서 지루하지는 않느냐고 물었더니, 지금은 말이야 하면서 싱글싱글 웃더라고."

"그래?"

그러한 연고로 이 이야기는 여기서 끝이 났는데, 최근에 이런 소문이 퍼지고 있노라며 근방의 고양이가 내게 귀띔을 해주었다. 나는 소문 따위를 그다지 좋아하는 편이 아니다. 다만 이 이야기는 조금 신경이 쓰이는 부분이 있어서 감히 이렇게 써두고자 하는 것이다.

고양이란 족속의 오줌은 본질적으로 고약한 냄새가 난다. 이것은 인정해야 한다. 하지만 결국에 가서는 다른 동물들에게서도, 물론 인간의 무리들에게서도 고약한 냄새가 난다는 데 달리 이견의 여지가 없을 것이다.

그건 그렇고, 그 고약한 냄새들 가운데서도 특별히 더 두드러진 악취를 풍기는 고양이 무리들만을 모아서 이 나라의 군사기지에 잠입하여, 이를테면 전차의 승강구 덮개를 열어 그 내부로 침입해서는 조종석이며 지휘관의 자리 등을 가리지 않고 막무가내로 오줌을 분사해대는 조직이 결성되었다는 것이다. 아니, 그렇다고 해서 특별히 군사시설에만 국한된 것 또한 아니었다. 은행의 정면 현관이나 사람들의 왕래가 많지 않은 뒷문, 정부 건물, 왕이 거처하는 성, '실학의 정신' 등을 운운하며 사회에 아첨하여 영합하는 것을 사훈으로 내건 대학 창업자의 동상 받침대 등. 요컨대 그 세 노인들이 출격하던 장소였다. 게다가 이렇게 찌든 지린내는 여간해서는 지울 수가 없다.

그런데 여기서 한 가지 의문이 떠오른다. 이와 같은 행위는 고양이가 원래부터 해오던 습성으로서, 그다지 새로울 것 없는 현상이다. 그러던 것이 왜 지금에 이르러서 이렇게 구설수에 오르게 된 걸까?

내가 생각하기에, 두 가지 점이 혁신적이어서일는지도 모르겠다. 한 가지는 고양이들이 조직화되었다는 것이다. 또 한 가지는, 이것이 중요한 점으로서, 그때까지는 고양이들이 아무런 목적 없이 되는 대로 해왔던 행위(오줌누기)에 명백한 의지와 목적을 부여하였다는 것이다.

그리고 이것은 순전히 나의 추측이기는 하지만, 이 조직을 지휘하고 있는 건 그 노인들의 고양이들이지 않을까?

하여 어쨌든 은밀한 연대의 박수를, 나는 보내고 싶다.

나는 삽살개

잔뜩 흐린 날씨에 바람마저 차가운 하루가 시작되었다. 나는 언제나처럼 수프의 재료가 될 만한 야채를 조금이라도 장만해 놓으려고 거처를 나섰다.

밖으로 나오자 매서운 바람결이 머리털을 빗질하듯이 쓸고 지나갔다. 하지만 그렇게까지 자주 불어치는 바람은 아니었다. 오히려 선뜩해서 머리가 한결 맑아진 것 같다는 생각을 하면서 무심코 오른쪽 골목으로 눈길을 돌렸더니, 같은 바람을 맞으면서 한 마리 시궁쥐가 건물 귀퉁이에 오도카니 서 있었다. 개개풀린 눈인 것이 조금 졸린 듯해 보였다.

"왜 그러고 있는 거야?" 하고 묻자, "그냥, 바람이 조금 차가운 듯해서요."라고 답해 왔다.

"그래, 하기야 이런 바람이 이따금씩 머리털을 가볍게 스치고 지나가는 것이, 뭔가를 생각하기에 나쁘지 않을 것 같아."

"그래요? 큰고양이님과 달리, 나는 그 무엇도 생각하고 싶지가 않답니다."

이렇게 시궁쥐와 의견이 달랐기에, 나는 계속해서 앞으로 나아가기로 했다.

몇 번째인지 모를 골목을 지나 커다란 건물의, 아까와 같이 구석진 곳에 이르렀을 즈음하여 털빛이 약간 거무레한 삽살개와 마주쳤다. 흰 털이 잿빛으로 변해 버린 삽살개는 갈 곳을 잃은 듯 그냥 길을 향해 망연히 앉아 있었다. 게다가 그 텁수룩한 털은 잿빛 포장석과 한데 어우러져 보이는 것이 그 주위를 오랫동안 쓸고 다닌 듯 먼지투성이였다. 그렇게 늙어 보이지도 않지만, 그렇다고 해서 젊은 것도 아니었다.

눈을 뜨고 있는 것인지 감고 있는 것인지 조금 멀찍이 떨어져서 바라본 터라 잘 알 수는 없지만, 뭔가를 주시하고 있는 것도 아닌 듯해 보였다.

나는 삽살개 앞을 서둘러 지나갔다.

햇볕이 들지 않아서인지 시장은 여느 때와 달리 몹시 스산하게 느껴졌다. 사는 이들도, 파는 이들도 이루 다 헤아릴 수 있을 정도였다. 나는 팔다 남은 쪼그라든 감자와 비트를 조금만 사서 돌아가기로 했다. 늘 덤으로 한두 알의 감자를 얹어 주던 아주머니도 보이지 않았다.

두서없이 이런저런 생각을 하며 걷다가 문득 어떤 것을 깨달았다. 그리고 이내 굉장한 발견이라는 확신이 들었다.

그것은 이와 같은 것이었다.

── 우리들, 그러니까 털이 북슬북슬한 족속들은 근본적으로 대개가 서로 엇비슷한 얼굴 모양을 하고 있다는 것. 귀의 크고 작은 모양새라든가 양 눈의 간격, 그리고 수염과 털의 종류가 살짝살짝 다르기는 하지만서도 역시나 털짐승은 털짐승인 법. 이것 봐, 정면에서 보면 대체로 엇비슷해 보인다니까.

──다만 한 가지 문제는 코 부위이다. 코의 길이라든가, 코끝에서 느껴지는 어떤 분위기 같은 것이 있어서다.

　　따라서 이 부위를 가리면 그다지 큰 차이가 나지 않는다. 개나 쥐나 고양이나, 여우나 이리, 하물며 곰이라도 결국은 서로 엇비슷한 얼굴 모양을 하고 있게 되는 것이다.

　　그렇기에 비교적 털이 가느다랗고 긴 편인 나는, 낮은 코 부위를 가리면 어엿한 삽살개가 될 수 있지 않을까 생각하였다.

　　마침 바로 그, 아까의 그 잔뜩 움츠리고 앉아 있던 삽살개 앞으로 이제 막 돌아오던 참이었다. 갈 곳을 잃은 듯 삽살개는 그냥 그렇게 길을 향해 변함없이 앉아 있었다. 나는 슬며시 삽살개의 얼굴을 살폈다. 그랬다, 나의 이론은 꼭 들어맞았다. 가지런히 나 있는 털 모양새도 더할 나위 없이 유사했다. 꼬리도. 앞발도.

　　'좋았어'라고 생각하면서, 나는 거처로 향하는 발걸음을 재촉했다. 집 근처의 골목께에서 만났던 시궁쥐의 모습은 보이지 않았다.

거처 ——라고 해봐야 그냥 빈집일 뿐이지만 ——에 돌아와 잠시 숨을 골랐다. 그런데, 맙소사! 차를 끓이고 싶기도 하였지만, 당장 시험해 보고 싶은 마음이 일기 시작했다.

오랜만에 따스한 온기를 머금은 찻잔을 앞에 두고 있으면서도, 마스크를 쓴 나는 그 차향을 온전히 음미하지 못했다.

안절부절 어쩔 줄을 몰랐다. 자리에서 일어나 주방에 내걸린 금간 거울을 들여다보았다. 오호, 역시나 조금 닮았다. 그런데 옆으로 얼굴을 돌리면, ……그닥 닮아 보이지 않았다.

이것은 정면에 한하여서만 가능할 듯했다. 마스크를 아래턱까지 내려 약간 식은 차를 마시고 나서, 쉴 틈도 없이 나는 다시 밖으로 나갔다. 여하튼 누구에게라도 냉큼 시험해 보고 싶었기 때문이다.

흐린 날씨는 여전했으나, 바람은 거의 없었다. 그리고 오른쪽 골목 입구에서, 마치 나를 기다리고 있었다는 듯이 시궁쥐가 다시 모습을 드러내었다. 그런데 뭔가 기분이 야릇했다.

"어라? 큰고양이님, 또 나가는 거예요? 그러니까 감기에 걸렸지요?"

"콜록. 그래, 가벼운 감기란다. 콜록. 그런데 혹시 너도 감기에 걸린 거야?"

그랬다, 시궁쥐 또한 작은 크기의 마스크를 착용하고 있었다!

"어? 아, 약간 감기 기운이 있어서요. 콜록."

"그래, 그러면 안 되는데. 그건 그렇고, 사실 난 삽살개란다."

"어? 아, 그렇다고 여긴다면, 머리는 조그맣지만 어느 모로 보나 내 쪽이 삽살개와 더 닮았다고 생각되는데요. 코도 길고……."

작은 마스크에 가려진 코를 조금 내보이며 시궁쥐가 반박했다.

　"그렇지만 털은 내 쪽이 더 길고, 비슷하다고 생각지 않니?"

　이런 식으로 각자의 의견을 제기하고 있는데, 심약한 회색빛 고양이가 마침 그곳을 지나갔다. 아니, 지나가려던 것이 아니었다. 틀림없이 무슨 말들을 하고 있는 것인지 넌지시 물어보려고 온 모양이었다. 이 고양이는 마음은 여리고 약한 주제에, 여기저기 머리부터 디밀고 보는 버릇이 있다.

　그렇지만 마침 잘됐네 싶었다. 이 마음이 여리고 약한 고양이에게 어느쪽이 더 닮은 꼴인지 시험해 보는 거다.

　그래서 나는 방향을 바꿔 서며, 심약한 고양이에게 "난 삽살개란다." 하고 말했다.

　그러자 시궁쥐도 질세라 "나도 삽살개야."라고 말했다.

　"어느쪽이 더 닮았다고 생각해?"

　내가 묻자, 심약한 고양이는 잠시 생각에 잠겼다.

　"어느쪽이 삽살개로 보이느냐고?"

이번에는 시궁쥐가 물었다.

나약한 고양이는 또다시 생각에 잠겼다.

"난 삽살개란다."

"나도 삽살개야."

우리는 거듭 강조했다.

나약한 고양이는 어렵사리 입을 열었다.

"……코는, 어느쪽인가 하면……, 털 모양……양이님 ……그런데, 쥐……님……쪽…….."이라며 애매모호한 말로 얼버무리다가 다시 입을 다물었다. 그리고 잰걸음으로 그 자리를 부리나케 떠나가 버렸다.

내게는 그 모습이 정말이지 필사적으로 입을 틀어막고서, 풋! 하고 터져 나오려는 웃음을 간신히 억누르고 있는 것처럼 보였다.

그런 내막으로 여기서는 무승부로 끝이 났다. 우리는 또 다른 누군가의 의견을 구하려고 거리로 나아갔다.

몇 번째인가의 골목을 지나고 있었을 때, 드디어 누군가와 맞닥뜨렸다. 심술꾸러기 고양이인 주제에 털빛이 유난히 새하얗기까지 한 녀석이었다. 보통 심술꾸러기 고양이라고 하면 호랑이무늬가 많은데.

시궁쥐는 어찌된 영문인지 내 뒤로 물러나 걷고 있었다.

몇 미터의 거리가 되었을 때, 서로의 시선이 동일 직선상을 달렸다.

"난 삽살개란다."

그러면 약간 뒤에서 "나도 삽살개." 하며, 시궁쥐도 지지 않았다.

심술꾸러기 고양이는 우리 둘을 번갈아 보면서 한쪽 발로 포장석 바닥을 슬슬 문지르거나, 마치 글씨나 그림을 그리고 있기라도 하듯이 빙글빙글 수선스럽게 움직이고 있었다.

요컨대 조금 짜증이 난다는 동작일 것이다.

하지만 그만한 것으로 겁먹을 우리가 아니다.

"난 삽살개."

"나도 삽살개야."

"어느쪽이 더 닮은 것 같아?"

우리는 거듭해서 물었다.

심술꾸러기 고양이는 점점 더 짜증스런 발놀림을 해댔다. 그러더니 이쪽을 노려보면서 무슨 말인가를 하려는 듯했다. 순간 서로의 시선이 마주쳤다. 무슨 일이 일어날 수도 있고, 일어나지 않을 수도 있었다.

다음 순간 심술꾸러기 고양이는 픽 코웃음을 웃더니, 고개를 옆으로 기울이고서 후다닥 뛰어가 버렸다.

"큭큭"이라든가 "푸하하" 웃는 소리 같은 것이 들리는 듯도 하였지만, 어쩌면 기분 탓이었을는지도 모른다.

이런, 좀더 괜찮은 녀석은 없을까를 궁리하면서 우리는 앞으로 나아갔다.

아무도 만나지 못했다. 어느새 날이 저물고, 가로등이 여기저기에 켜지기 시작했다. 모두들 저녁 식사 준비를 하고 있거나, 빠른 이들은 벌써부터 먹기 시작하였을 게 분명했다.

우리는 여러 골목들을 지나 자꾸자꾸 거리로 나아갔다. 찬 공기가 그 언저리를 뒤덮고 있는 거대한 석조 건물의 한쪽 모퉁이에서, 가로등 하나가 거리의 포장석을 밝히 비추고 있었다. 날이 완전히 저물어 어둑어둑했다.

그 가로등 빛살의 가장자리에, 예의 그 꾀죄죄한 모습의 커다란 잿빛 삽살개가 또 그렇게 앉아 있었다. 낮에 앉아 있던 자리에서 약간 이동한 것 같아 보였는데, 정확히는 모르겠다. 게다가 낮에 보았을 때보다도 왠지 모르게 더 푸석푸석해진 듯했고, 가지런히 나 있던 털 모양새도 더럽혀진 자루걸레의 끄트머리처럼 너저분하게 흐트러져 있었다. 우리는 어쩐지 나아가기가 망설여져서 머뭇거렸다.

그러다가 한 번 더 눈여겨보게 되었을 때, 삽살개도 마스크를 착용하고 있다는 사실을 그제서야 깨달았다. 더 살펴보자니 콜록, 콜록, 기침까지 심하게 하고 있었다.

계속해서 지켜보고 있으려니, 다시 또 콜록콜록콜록이었다. 몹시 고통스러워 보였다.

우리는 마스크를 벗고, 삽살개가 있는 쪽으로 다가갔다.

몇 마디 이야기를 나눈 끝에 삽살개를 나의 거처로 데려가기로 했다. 시궁쥐의 집은 출입구가 작아서, 몸집이 큰 삽살개로서는 도저히 드나들 수가 없기 때문이었다.

잠시 후, 우리 셋은 허름한 테이블에 둘러앉아 야채 수프를 먹고 있었다.

우리는 묵묵히 먹기만 했다. 수프를 먹을 때는 거의 기침을 하지 않았으나, 다 먹고서 몸에 따뜻한 기운이 퍼지자 삽살개는 한동안 기침을 계속해댔다. 하지만 차를 마실 무렵에는 그토록 질긴 기침도 서서히 누그러드는 기미가 보였다.

차를 두어 잔 마신 삽살개는 앉은 채로 잠이 들었다. 시궁쥐도 덩달아서 꾸벅꾸벅 졸기 시작했다. 나 또한 꼬빡꼬빡 졸고 말았다.

하루가 끝나가고 있었다.

방은 따뜻했고, 창밖에서는 다시 찬바람이 휘불어 몰아치고 있었다.

그후로 며칠 동안을 삽살개는 이곳에서 자고 일어났다. 그랬다. 확실히 자고 일어나기는 하였으나, 그밖에는 그저 하염없이 의자에 앉아 있을 뿐이었다. 아직도 몸이 아픈가 하고 나는 생각했다.

"저렇게 추운 거리에서 살지 말고, 이 빈집을 반쯤 나누어 쓰는 건 어때?"라고 묻자, 삽살개는 말없이 고개를 끄덕였다.

완전히 회복한 삽살개가 사라진 것은, 우리집에 온 지 열흘째 되는 날의 아침이었다.

의자 위에, 엉덩이에 깔려 엉망으로 널브러진 마스크가 남겨져 있었다.

저녁이 되자 어지간히 마음이 쓰인 나는 머플러를 두르고서 밖으로 나갔다. 저 거대한, 냉기가 감돌고 있는 건물의 한 모퉁이에 자리한 가로등을 향하여 걸어갔다. 아무도 만나지 못했다.

가로등 빛살의 가장자리에도 삽살개는 없었다.

그러고 나서 한동안은 두서없이 책을 읽거나, 시시껄렁한 시를 쓰면서 하루하루를 버텨 나갔다. 이따금 시궁쥐가 얼굴을 디밀기도 하였지만, 마스크를 쓰고 있지는 않았다. "감기는 어때?" 하고 묻자, "그렇죠 뭐, 초기여서 그렇게 심했던 건 아니었으니까요……."라고 답해 왔다.

"큰고양이님은 어때요?"

"어? 뭐가?"

"감기."

"아, 그래, 이젠 괜찮아."

"삽살개는 어떻게 지내고 있을까요?"

시궁쥐가 또박또박 물었다.

"그러게, 저기 가로등 언저리에 있지 않을까." 하고 내가 답하자, "벌써 몇 번이나 가보았는데 없었어요……." 했다.

한 달, 두 달, 석 달이 지나는 사이사이에 저 차갑고 거대한 석조 건물과 그 한 모퉁이에 자리한 가로등 앞을 지나는 일이 더러 있었지만, 삽살개의 모습은 찾아볼 수 없었다.

세밑에 이르러 나는 급기야 진짜 감기에 걸리고 말았다. 한참을 고열에 시달리다가, 그것이 겨우 가라앉자 이번에는 기침이 나기 시작했다. 콧속도 건조하고 따끔거렸다.

그리고 오늘은 12월 31일이다. 새해에는 시장이 닫히기에 나는 무리를 해서라도 물건들을 사러 나가야 했다. 마스크를 쓰고, 연신 콜록콜록거리면서. 그런데 이렇게 따뜻한 겨울날이라니! 양지에 머무는 순간순간 졸음이 밀려들었다. 아니나 다를까, 오른쪽 골목 입구에서 시궁쥐가 햇볕을 쬐어 졸린 듯한 눈을 비비고 있었다.

나의 기척을 느꼈는지, "아니, 큰고양이님, 무얼 사러 가는 길인가요?" 하며 말을 걸어왔다.

"그래, 시장에. 콜록콜록."

"그렇군요."

"그래." 하고 가려는데, 뒤에서 "아, 그러고 보니 역시나 큰고양이님 쪽이 삽살개와 더 닮은 것 같아요."라는 말을 덧붙였다.

"콜록. 아니야, 진짜로 감기에 걸린 거야. 콜록콜록콜록 콜록."

나는 이렇게 응하고서 서둘러 걸음을 옮겼다.

그랬더니 이번에는 심약한 고양이 녀석이 맞은편에서 걸어오는 것이 보였다. 왠지 피곤한데다가 몸 상태도 좋지 않아서, 아무 말도 하지 않고 가려고 조금 잰걸음으로 스치듯 지나갔다.

몇몇 골목을 지나, 심술꾸러기 고양이가 출몰하는 곳 가까이에 이르렀다. 마음이 언짢았다.

하지만 심술꾸러기 고양이는 끝끝내 나타나지 않았다.

나는 잰걸음으로 이곳을 지나쳐 갔다. 잔기침이 나는가 싶더니 한동안 멈추지 않았다.

이렇게 어떻게든 나아가자 예의 커다란 석조 건물이 눈에 들어왔다. 그런데 오늘은 뭔가 느낌이 달랐다. 마치 건물 전체가 따사로운 햇볕에 포근히 감싸인 채 한가로이 쉬고 있는 것 같았기 때문일는지도 모른다. 그리고 그 햇살의 시작점에 삽살개가 앉아 있었다. 기다란 털은 햇살을 담뿍 받아서 보기만 해도 그 따스함이 전해져 오는 듯하였다. 나는 곁으로 다가갔다. 삽살개는 내내 거리를 응시하고 있었다.

그 옆에 서자, 그제서야 기척을 느꼈는지 삽살개가 내 쪽을 바라다보았다.

그렇다고 해도 늘 그렇듯이 눈을 뜨고 있는 것인지, 감고 있는 것인지 도통 알 수가 없었다.

속눈썹인지 머리털인지 모를 털들이 텁수룩이 얼굴을 덮고 있었기 때문이다.

불현듯이 자루걸레 같은, 털로 뒤덮인 앞발을 내 앞으로 쑥 내밀었다.

나는 그 따뜻하고, 부드럽고, 큼지막한 손을 맞잡았다.

삽살개는 희미한 목소리로 가만가만히 말하였다.

"……축하해, 너의…… 새로운 해……."

"고마워, 너도……."라고 답하고서, 나는 삽살개와 작별하였다.

따사로운 햇살을 담뿍 받으며 걷자니 땀이 조금 났다.

나는 마스크를 넣어 둘 만한 호주머니가 없었던 터라 내내 꽉 움켜쥐고서 걸어야 했다.

"그래. 내일부터는, 적어도 달력상으로는 새로운 날이 시작될 거야."라고 중얼거리며.

각 작품에 대하여

이 단편집은, 1998년 12월말에서 2000년 8월 사이
에 간간이 써놓은 글들에다 삽화를 그려넣어 함께
묶은 것이다.
다음의 발문은, 제작 순서에 따른 저간의 배경 등
을 간략하게나마 기록해 두고 싶은 발로에서 비롯
된 글이다.

〈쬐꼬만 고양이라 부르지 마〉

〈카와카마스의 바이올린〉을 쓰기 시작할 무렵, 아무런 의욕이 일지 않아 기분 전환을 위해 썼던 것. 초보적인 몽타주를 이용한 작품. 므로체크의 원화가 시궁쥐, 회색빛 고양이, 심술꾸러기 고양이 등, 각각이 보는 사물의 상상력에 의해 변용된다. 얀의 목에 내걸린 그림도 원화와 다른 것은 애교로 보아주기를.

〈죽음의 침상에 대한 기록〉

1999년 정월, 〈쬐꼬만 고양이라 부르지 마〉에 이어서 쓴 것. 기분이 좋으면 잇달아 떠오른다. 조금 더 그림을 더하였으면 싶었다. 우레나이코프의 방 창 너머로 보이는 가로등이라든가. 그리고 날이 지나면 우레나이코프는 다시 회복될 테고, 그 방의 창 너머로 보이는 것은 홀로 서 있는 희미한 가로등이 아니라, 거리 저편 건물의 창들에서 비추는 빛이다. 깜박깜박하는 몇몇의 따뜻한 희망의 빛.

〈나의 생일〉

옛날에는 다소 옷을 고르는 편이었으나, 이제는 아무래도 개의치 않는 편이다. 돈도 없고, 몸에 뭘 걸쳐도 어울리지 않아서이다. 게다가 최근 몇 년간 60년대풍 물건들이 유행하고 있다. 이건 좀 질색이다. 이를테면 고다르의 영화 포스터가 옷가게에 붙어 있다. 〈네 멋대로 해라〉 정도면, 그런대로 괜찮을는지도 모른다. 하지만 〈중국 여인〉이나 〈동풍〉이라면 어떻게 한다? 나는 이런 영화는 데모를 한 연후에, '좋았어!'라고 생각하면서 보는 것이라는 기억이 있다. 그것이 지금은 모드의 세계다. 자본은 무엇이든지 그 자양분으로 삼는다. 그런데 어째서였는지, 생일날 우연히 양판점으로 어슬어슬 들어갔다. 그리고 장난삼아 아주 싫어하는 미합중국 디자인의 스트리트풍 파카를 걸쳤다.

거울을 보면서 흐음, 생각했다. 튀르키예의 외지인 노동자, 발칸의 난민, 옛 동독의 아저씨, 러시아의……, 맞아, 이것은 망명 스타일이다. 아디다스의 2선 줄무늬, 아니 3선 줄무늬인가? 여하튼 그리하여 나는 이 나라(일본을 일컬음)의 은밀한 망명자가 되었다.

이상이 이 소품의 토대이다. 또 이 이야기에는 시시한 후일담이 있기도 하다. 그러니까 그로부터 1년 6개월 후, 어머니가 입원을 했다. 병세는 심각했다. 나는 비상시를 대비해 휴대전화를 구비해야겠다고 마음먹었다. 요란스러운 가게에 들어가서, 잘 알 리가 만무한 기종들을 이것저것 살펴보았다. 도무지 알 수가 없었다. 하여 설명을 요청해야겠다고 생각했다. 그런데 점원이 다가오지를 않았다. 슬쩍 둘러보니, 다른 손님에게는 찰싹 달라붙어 있었다. 하는 수 없이 내 쪽에서 질문을 하여야 했다. 그런데 뭐랄까, 왠지 멸시하는 듯한 시선과 말투가 느껴졌다. 결국 사지 않고 가게를 나왔다.

의기소침해져서 집으로 돌아왔는데, 아아 그래서였구나

싶었다.

망명자 스타일에 어머니의 세탁물을 담은 커다란 비닐 봉투를 들고 있었으니, 영락없는 노숙자 스타일이었던 것이다.

그러한 연유로 이 나라(일본을 일컬음)는 약간의 멋조차 통하지 않는 멋없는 나라인 것이다. 그럼에도 불구하고 길거리 생활을 영위하는 노숙자들 가운데서도 정말 깜짝 놀랄 만한 존재감을 드러내는 이들이 있다. 그리고 그 정도로 눈에 띄는 사람은 아니지만서도 항상 정해진 장소에 머무르지 않으면, 어쩐지 신경이 쓰여서 견디지 못하는 사람도 있다. 〈나는 삽살개〉에서의 삽살개는 그러한 사람을 모델로 한 것이다.

〈극장〉

나는 그다지 영화를 보러 다니는 편이 아니다. 가고 싶어도 애초에 특별할 게 없어서이기도 하다. 한 해 동안 상영하는 것이라고는 아무렇게나 함부로 호통을 치면서 기관총이며 바주카포를 연발로 쏘아대는, 햄버거며 프라이드치킨 또는 디즈니랜드적인 미합중국 영화이거나, 아무래도 좋을 것 같은 연애를 우물쭈물 되풀이해대는 프랑스 영화 따위들이 대부분이다. 아시아 영화 역시 미합중국화되어 가고 있으며, 그렇다고 해서 단세포적인 이란 영화도 지루하기는 매한가지.

그래도 몇 번인가는 좋았던 추억도 있다.

아주 널찍한 극장에, 스무 명 남짓 되어 보이는 관객들. 〈나의 20세기〉(헝가리)를 관람하면서, 나는 간간이 뒤돌아

영사실에서 흘러나오는 빛줄기를 올려다보고는 하였다. 또 계단 모양의 보기에 편하고 너른 객석, 그리고 역시 스무 명 남짓의 관객들, 상황을 살피러 온 지배인의 흡족찮은 표정. 나는 샌드위치를 가볍게 먹으면서 〈빛과 그림자의 발라드〉(러시아)를 보고 있었다.

그런데 이 작품은 알렉산드르 그린(러시아 작가) 원작의 영화를 보기 위해 어쩔 수 없이 소극장에 갔을 때(널찍하고 비어 있는 객석이 많지 않으면 안 된다), 거의 만원인 객석에서 내 오른쪽 대각선 앞의 남자가 비닐봉지를 부스럭거리고 있던 것이 계기가 되었다. 그 비닐봉지에서 꺼낸 것은 미합중국 영화 〈타이타닉〉의 비디오였다. 이런 것을 구매하는 사람이 있다는 불가사의함. 또 그런 것을 구매하는 사람이 이렇듯 상당이 색다른 영화를 보러 오는 아이러니함. 게다가 이번에는 내 오른쪽 옆의 여자가, 바스락거리며 포테이토칩을 먹기 시작했다. 이렇게 해서 러시아 환상괴기SF영화제는 문자 그대로 괴기한 것이 되어갔다.

〈나는 삽살개〉

오래전부터 원칙적으로 짐승들은 모두가 엇비슷한 얼굴을 하고 있다고 생각했다. 다람쥐와 토끼의 차이란, 이제 거의 없다시피 한다. 그것에 비하여 인간의 반들반들해 보이는 가죽은 얼마나 기분 나쁜가.

조만간 써야겠다고 생각하면서 질질 끌기만 하다가 어느결에 1999년의 세모를 맞이하고 말았다. 세간은 온통으로 신년 기분에 휩싸여 있었고, TV는 또 2000년까지 이제 몇 시간밖에 남지 않았노라고 요란을 떨었다. 나는 어머니의 병실에 있었다.노트를 펼쳐 〈나는 삽살개〉를 쓰기 시작했다. 어머니의 혀에서 증식해 가는 암을 직시할 수가 없었기 때문이다. 어머니가 격통으로 괴로워할 때마다 나는 간호사에게 모르핀을 주사해 달라고 부탁했다. 정말이지 문

학 따위는 모르핀 1mg에도 미치지 못한 것이었다. 그리고 신은 결코 존재하지 않는다. 신의 본성이 선이라면, 지금 눈 앞의 이것은 무엇이란 말인가! 이런 당연한 것들을 확인해 가면서 〈나는 삽살개〉를 사흘에 걸쳐 썼고, 2000년 1월 1일에 마무리했다. 한 해를 보내는 밤에 1%의 희망을 걸고서.

나는 어머니에게 이 소품의 대강의 줄거리를 이야기해 주었다. 다 듣고 난 어머니는 이불 속에서 손을 내밀었다. 나는 그 손을 맞잡았다. 13층 병실의 창에서 보는 보름달은 우리보다 아득히 낮은 곳에 있었다. 알 수 없게도 달이 아무리 궤도를 그려도 결코 이곳보다 높다랗게 떠오르지 않았다. 내려다보이는 거리의 등불들은 한 해를 보내는 밤을 환히 밝히려는 듯 스러지는 법이 없었다. 그것은 흡사 낯선 도시의 상공을 야간 비행하였을 때 눈 아래에 펼쳐져 있던 경치와도 같았다. "내일 또 올 테니까."라고 말하고 서, 나는 도망치듯이 엘리베이터를 타고 내려갔다. 병원 출구에서 마스크를 벗어 얀처럼 꽉 움켜쥐었다. 하지만 나에게는 마스크를 넣어 둘 호주머니가 있었다.

〈세 노인과 세 마리의 고양이〉

신년 연휴, 교외 전차는 한산했다. 온천에서 돌아오는 길인 듯해 보이는 세 노인이 나란히 앉아 있을 뿐이었다. 일행은 담소를 즐기고 있었다. 뜻밖의 환승역이 나타나자, 적이 놀라서 허둥대던 한 노인이 가방을 떨어뜨렸다. 그 바람에 담겨 있던 것들이 바닥에 아무렇게나 널브러졌다. 안경 케이스, 타월……. 그 순간 그래, 이거다!라고 생각했다. 세 노인, 거기에 세 마리의 고양이를 추가하는 거다. 나는 어머니가 있는 병원으로 향했다. 뭔가, 화가 났다. 세 노인? 아니, 물론 아니다. 지금도 날마다 화가 난다. 뭐가? 모든 것이 다.

어머니의 병세는 점점 더 악화되어 갔다. 국립병원에서는 이렇다할 방법이 없었다. 그저 지켜보는 수밖에. K대병원이라면 시술 방법이 있을 거라고 들었다. 그러자면 거금

이 필요했다. 나는 또 한 가지를 배웠다. 죽음의 상인이란, 무기밀매상만이 아니라는 것을. 병원을 옮기고 일주일도 채 못 가서 어머니는 돌아가셨다.

이 소품은 졸작이기는 하지만, 어머니의 병실에서 온 마음을 기울여 쓴 것이다. 그리고 중요한 이야기를 쓴다는 걸 그만 잊고 있었다. 얀에게서 들은 이야기이다. 고양이 '오줌 테러' 조직은 전 세계에 퍼져 있다는 것. 예를 들면 팔레스타인에서는 이스라엘인 정착지의 풀장이나 과수원, 장갑차나 전차에 오줌 테러를 행한다고 한다. 이스라엘이라는 불법점거국가가 사라질 때까지, 이 활동은 계속될 거라고 고양이 조직의 대변인이 선언했다는데……. 그러고 보니 사이드 교수도 레바논 국경에서 돌팔매질을 했다고 한다. 오랜만에 마음이 움직이는 소식이다.

"팔레스타인 독립기념일인 15일, 요르단강 서안, 가자의 팔레스타인자치구에서 모두 8명이 이스라엘 병사의 총에 맞아 숨졌다. 그밖에 한 사람, 전날의 충돌로……."(어느 날의 신문)

〈수난곡〉

요즈음에 와서야 올레샤(러시아 작가)의 단편집 《사랑》을 읽고서, 이 얼마나 특별한 재능인가! 생각했다. 이데올로기, 국가, 사회 체제, 집단과 개인, 이런 넌더리나는 테마가 맑은 분위기 속에 아무렇지도 않은 듯 조용히 배어들어 있다. 아이러니, 반어. 그리고 천재적인 비유의 연속이 글을 영상으로 바꾸고 있다.

나에겐 그러한 능력이 없으므로 서투른 그림을 그리는 수밖에 없다. 〈수난곡〉은 영상시로 꾸릴 요량이었다. 그러니까 사실은 더 많은 그림이 필요했던 것. 좀더 시간을 들였으면 좋으련마는. 하지만 늘 그렇듯이 다음 작품이 머릿속을 점거하기 시작했다. 요컨대 성미가 급한 것이다. 그리고 쉽게 싫증을 낸다. 요한 수난곡? 별로. 특별히 마음에 드는 것도 없다. 서곡이 반복해서 나타난다. 중요한 것은 작품 그 자체가 아닌, 상상하는 것. 우리도 얀과 함께 그 등뒤에서 터벅터벅 걷는다. 잠시 멈춰 선다. 응시한다. 그리고 문을 두드린다. 똑똑, ……, 똑똑똑. 수줍게 살짝 열리는 것은 희미한 희망이다.

〈쫑긋한 귀〉

　2000년 여름. 마음에 드는 작품. 조금만 더 그림을 더한다면 멋진 그림책이 될 듯하다. 나의 정신은 회복된 것인가? 산길을 걸을라치면, 언제나처럼 죽음이 발에 성가시게 들러붙는다. 그래서 최근에는 죽음에 목줄을 매고 걷기로 했다. 여러 가지 새로운 이야기 장면들이 차례차례 머리에 떠오른다. 이키, 하마터면 돌부리에 걸려 넘어질 뻔하였다. 그럴 때, 기분은 완전히 '고양이 인형의 단짝'(차기작, 기대하시라)이다.

얀 이야기

제⑦권

쬐꼬만 고양이라 부르지 마

초판 발행

2024년 5월 25일

지은이

마치다 준(町田 純)

옮긴이

김은진 · 한인숙

펴낸곳

東文選

제10-64호, 1978년 12월 16일 등록
서울 종로구 인사동길 40
전화 02-737-2795
팩스 02-733-4901
이메일 dmspub@hanmail.net

ISBN 978-89-8038-949-0 04830
ISBN 978-89-8038-921-6 (세트)

정가 16,000원